GRANDS-PARENTS, À VOUS DE JOUER

Professeur émérite à l'université d'Aix-Marseille, le Pr Marcel Rufo, pédopsychiatre, a dirigé l'Espace Arthur, hôpital Sainte-Marguerite, à Marseille, et la Maison de Solenn à l'hôpital Cochin, à Paris, puis a créé et dirigé l'Espace méditerranéen de l'adolescence, hôpital Salvator, à Marseille.

Paru dans Le Livre de Poche :

CHACUN CHERCHE UN PÈRE

DÉTACHE-MOI ! SE SÉPARER POUR GRANDIR

FRÈRES ET SŒURS, UNE MALADIE D'AMOUR

ŒDIPE TOI-MÊME !

TIENS BON !

TOUT CE QUE VOUS NE DEVRIEZ JAMAIS SAVOIR SUR LA SEXUALITÉ DE VOS ENFANTS

LA VIE EN DÉSORDRE

En collaboration avec Marie Choquet :

REGARDS CROISÉS SUR L'ADOLESCENCE

PROFESSEUR MARCEL RUFO

Grands-parents, à vous de jouer

ÉDITIONS ANNE CARRIÈRE

ISBN : 978-2-253-17745-6 – 1re publication LGF

À Eugénie,
et à toi de jouer, Alice.

Avant-propos

Pourquoi évoquer ainsi ma grand-mère, la seule que j'ai connue, celle qui a incarné pour moi l'essence même des grands-parents ? Quel est le rôle de ces derniers et pourquoi suis-je aussi proche d'eux lorsque, au cours des consultations, du suivi ou des hospitalisations de mes patients, je sollicite leur alliance ? Il est de fait que, aujourd'hui, la pédopsychiatrie ne pourrait pas fonctionner sans eux. Ils sont disponibles et accompagnent, lors des soins, leurs petits-enfants. Si on comparait l'accompagnement des parents et celui des grands-parents dans le domaine des soins pédopsychiatriques, on constaterait que le second est majoritaire.

Ma grand-mère avait ceci de singulier qu'elle croyait en moi et en mon avenir. Avec une fierté silencieuse, elle me plaçait dans le rôle de rédempteur d'une famille fragile. À ses yeux, j'étais porteur d'espérance pour un avenir qu'elle ne vivrait pas.

C'est quelque chose que je garde en moi lorsque je pense à elle. Maintenant que je suis presque moi-même grand-père – c'est pour cela que j'écris ce livre –, je ne peux éviter de m'identifier complètement à elle. Les petits-enfants sont aussi les enfants des grands-parents : ils puisent dans l'arbre de vie les similitudes, les ressemblances, les désirs inaccomplis, avec le mandat de réaliser ce que ces derniers auraient souhaité faire, de réussir mieux qu'eux. Ma grand-mère Eugénie avait toutes les qualités qu'un petit-enfant pouvait espérer : elle était singulière, puissante, veuve, sans sexualité. Elle n'avait pas peur de voyager, et pourtant, à son époque, parcourir en train une distance de deux cent cinquante kilomètres était une expédition fantastique.

I.

Plongée dans la mémoire

Le cœur de la cuisine

Mai 1970. J'avais réussi, quelques mois auparavant, le concours d'internat des hôpitaux. Ne sachant pas trop ce que cela représentait, ma grand-mère m'avait demandé : « Tu dormiras à l'hôpital maintenant que tu n'es plus externe ? » Pourtant, elle avait compris, à ma grande surprise, qu'il fallait qu'elle soit fière de son petit-fils préféré.

À la suite de saignements, elle subit une opération gynécologique pratiquée par un chirurgien maladroit et inconséquent qui lui enleva le corps de l'utérus en lui laissant le col (le cancer du corps de l'utérus était alors plus fréquent chez les femmes de son âge). Elle allait développer sur le col restant un cancer très invasif qui se généraliserait. Amaigrie, fatiguée, montant difficilement l'escalier jusqu'au cinquième étage où se trouvait son appartement, le teint jaunâtre, elle ne se plaignait néanmoins jamais et continuait à travailler. Elle fut prise en charge de façon remarquable par le Pr Laurent Pedinielli, chef de service à Toulon, qui accueillit le jeune interne que j'étais alors. Il me raconta des histoires de son propre internat, dans une relation de filiation et de transmission d'aîné à novice. Alors qu'Eugénie n'était plus sensible à la moindre action thérapeutique, il me dit : « Je crois qu'il va falloir l'aider à passer le cap. » J'ai accepté, bien sûr. Elle a été soutenue, accompagnée et soulagée à la fin de sa vie par des perfusions de morphine.

Les réactions familiales ont été étonnantes. Ma mère est restée à côté de moi, près de sa mère, la regardant très intensément. Ma tante, plus extravertie, a essayé d'entrer dans la chambre avec un crucifix pour que ma grand-mère l'embrasse, mais ma mère l'a repoussée *manu militari* jusque dans le couloir avec son objet religieux. Mon oncle, moyennement courageux, a fui et s'est précipité dans l'appartement de ma grand-mère pour médicaliser sa chambre le plus possible. Il a planté des crochets dans le mur pour y suspendre les ballons de perfusion. En même temps, en évoquant ma grand-mère, il criait : « Elle tient toujours, elle tient toujours ! »

Eugénie est passée dans l'éternité sous morphine. Je lui ai dit, peu auparavant, qu'on allait l'endormir pour pouvoir l'opérer. Elle m'a regardé en souriant et m'a adressé les derniers mots de sa vie: «J'espère que ce n'est pas toi, parce que tu débutes.»

Elle avait compris.

Quelque quarante ans plus tard, il va falloir que je déterre mémé. Le cimetière central m'a informé que la concession arrivait à terme. J'ai le vague souvenir que ma mère, aujourd'hui disparue, s'était occupée de ces formalités, mais le temps a passé. Dans ce caveau, ils sont nombreux: les enfants du frère d'Eugénie, jumeaux emportés par une méningite, les frères de ma grand-mère et leurs femmes, et même mon arrière-grand-mère dont il ne reste qu'un portrait, une photo en noir et blanc dans un cadre doré, avec ses bijoux d'apparat, le regard planté sur l'objectif. Tandis que je me rends à la mairie pour les modalités pratiques, affleurent des souvenirs enfouis depuis longtemps – depuis la mort d'Eugénie, en 1970.

J'ai toujours été impressionné par le fait que ma grand-mère était née en 1892, en un autre siècle. Elle avait traversé les deux guerres, s'était trouvée deux fois veuve (un grand mystère planait sur ses maris). Elle avait élevé seule trois enfants, ma mère, ma tante et mon oncle, se permettant d'adopter en plus Berthe, ma tante préférée. J'admirais son courage car, à l'âge de seize ans, elle avait décidé d'émigrer de Ligurie en France. Certes, la distance qui sépare les deux pays n'est pas énorme, deux cent cinquante kilomètres, mais cela impliquait un changement de vie, d'état et de pensée.

Du fin fond de mon enfance, elle m'apparaît vieille, toujours vêtue de noir, respectant la tradition. Elle régnait sur son magnifique banc de fruits et légumes, à l'intersection de la rue de Lorgues, de la rue La Fayette et du cours du même nom, à Toulon. J'essaie de retrouver mon premier souvenir la concernant, qui se situe, à l'évidence, dans sa cuisine, un lieu central et essentiel de son appartement. À l'étage supérieur, il n'y avait que des mansardes desservies par un escalier en bois, avec une verrière. De chez elle, par un vasistas, on apercevait une publicité peinte sur le mur d'en face, représentant un garçon de café tenant un plateau en équilibre, dans un moment figé pour l'éternité.

La clef de l'appartement ressemblait à une poupée plate. Blanche et usée, elle permettait, une fois passé le petit corridor, d'accéder à la cuisine et à un minuscule séjour avec une alcôve, lieu d'habitat de mon oncle lorsqu'il revenait de Paris. Le vestibule desservait la chambre d'Eugénie et un balcon. Il donnait sur le cours La Fayette et sur le mont Faron, qui domine la ville. Au rez-de-chaussée se trouvaient une épicerie de produits exotiques provenant des anciennes colonies, d'Asie et même d'Italie, et un magasin d'instruments musicaux qui commercialisait également des tourne-disques.

Au premier étage de l'ensemble d'en face, une flèche rouge indiquait l'abri où il fallait se réfugier en cas de bombardement.

La cuisine était meublée d'un vieux bahut double corps, de qualité fragile ; sur la vitre de droite étaient placardées quelques photos de sa mère, de son enfance (les hommes ont décidément peu de place ici). Il supportait aussi un vieux réveil qu'il fallait remonter tous les jours et une radio grâce à laquelle Eugénie écoutait de temps en temps les informations, sans s'y intéresser vraiment. Le reste du mobilier était constitué d'une table et de deux chaises paillées, dont une m'était destinée, et qui, tous les dix ans, étaient restaurées par le même rempailleur. Il y avait également une « pile » (c'est ainsi qu'on désigne les éviers en pierre, en Provence) surmontée d'un vasistas, et un poêle à bois qu'il fallait repeindre en gris tous les ans, ce dont j'eus la charge en grandissant. Entre la pile et le poêle, dont la face flamboyante me fascinait, pendait un torchon. Je confesse qu'à deux reprises j'ai mis le feu à l'appartement en collant le textile contre la paroi du poêle pour en accélérer le séchage. Après le premier incendie, il a fallu simplement repeindre la pièce, mais lors du second, terrorisé, je me suis réfugié sous le bahut. Je fus sauvé par l'eau du tub servant à nos ablutions qui permit d'éteindre le feu. En écrivant ces lignes, je viens de comprendre pourquoi, à l'inverse de nombreux petits garçons, je n'ai jamais voulu être pompier !

Toujours dans la cuisine, se trouvait un minuscule WC avec un fenestron donnant sur l'escalier en bois qui menait aux mansardes. Le vaste placard mitoyen était incroyablement mystérieux : lorsqu'elle confectionnait des raviolis à la main, Eugénie déposait sur les étagères les petits carrés de pâte qui, en séchant, devenaient succulents. La pièce était toute blanche de farine. Les raviolis étaient aromatisés à la *persa*, origan de Portofino dont un plant vivait, ou plutôt survivait, sur le balcon, provenant de Valloria ou d'Imperia, ville dont ma grand-mère était originaire. Un pilon très ancien trônait, fendu sur le côté mais encore utilisable. Il servait à écraser les pignons de pin, les *pinoli*, pour les sauces rouges, les alouettes sans tête et aussi les cerises à l'eau-de-vie – une merveille ! On m'en donnait bien volontiers une, mais j'en volais systématiquement d'autres. Les pots qui les renfermaient me paraissaient énormes et, en les dérobant, je savais que je me lançais dans une conduite à risque. Quatre à cinq fiasques d'huile complétaient ce trésor car la famille possédait une oliveraie et nous offrait ce liquide précieux lors de nos voyages en Ligurie.

On remplissait à l'eau du robinet les verres de sirop d'orgeat et de limonade, rafraîchis par les blocs de glace, avant même l'époque du Frigidaire. Assis sur ma chaise, au milieu de la table, je sentais sur moi le regard d'Eugénie empli de fierté lorsque je dessinais ou que j'écrivais. Toute autre personne était exclue de la relation que nous avions.

J'avais la chance inouïe d'habiter au troisième étage dans le même immeuble du cours La Fayette. Une voisine, surnommée « Tata Nouri », vivait à l'étage du dessus et je pouvais aller au cinquième, chez Eugénie, quand je le voulais, sans autorisation, avec la certitude d'y être toujours bien accueilli.

Cette relation silencieuse que j'ai eue avec ma grand-mère s'explique sans doute par la vie difficile qui fut la sienne. Je me souviens qu'elle m'observait et je sentais le poids de ses pensées. Elle m'a toujours fait confiance, en dépit de mon penchant pour la pyromanie. Si elle se livrait peu, elle s'intéressait à mes découvertes. Je sais qu'elle projetait sur moi tous les rêves qu'elle n'avait pu réaliser. J'acceptais parfaitement ce type de relation. Je ne lui demandais pas de me raconter des histoires, mais je percevais notre grande complicité.

Voici une anecdote significative. Adolescent, lorsque les astronautes avaient aluni, j'étais monté voir ma grand-mère au petit matin pour lui dire l'extraordinaire émotion ressentie. « Ce n'est pas possible d'aller sur la Lune », avait-elle répondu. On ne discute pas avec ce type de femme. Ce qu'elle m'a transmis a surtout été oral et culinaire. Je me souviens encore du goût fabuleux de ces anchois au sel rouge qu'elle préparait chaque année. Toute ma vie, au cours de mes pérégrinations en Italie, j'ai cherché à retrouver cette saveur.

Notre plat identitaire de Ligurie était la *pasta al pesto*, au basilic. Les plants de cet aromate étaient cultivés sur le balcon et j'étais chargé d'en découper aux ciseaux une quantité de feuilles bien précise, puis je les concassais dans le pilon avec l'ail, l'huile d'olive et les morceaux de parmesan découpés au couteau. Sans oublier les pignons. Il y en avait toujours un sac plein dans le placard, provenant des récoltes de Ligurie. Les pâtes étaient faites à la main. Je me souviens de l'habileté d'Eugénie à maintenir l'œuf au cœur de la farine et à transformer la pâte en une petite boule qui allait passer dans les grilles de « l'Imperia », du nom de la machine. Elle en sortait des lamelles qu'elle jetait sur le torchon propre, près de la pile, avant de les faire cuire. L'eau était toujours bouillante sur le poêle. Les pâtes *al dente* arrivaient dans mon assiette, accompagnées du *pesto* que j'avais moi-même préparé. J'avais même droit à un verre de vin rouge, bien entendu coupé d'eau.

Pourtant, les spécialités culinaires de la famille n'étaient pas les pâtes au *pesto* mais les langoustes, le saint-pierre, le chapon et les rougets. Le saint-pierre était cuisiné dans le four du boulanger du quartier, « à la toulonnaise », avec des pommes de terre nouvelles et des câpres au sel sur un lit de citrons qui, à l'époque, n'étaient jamais traités. Me revient l'image de mon père, au coin de la rue Alézard, portant des citrons qu'il vendait à la criée. La légende raconte que le Christ avait eu une envie de poisson et que saint Pierre en avait attrapé un qui portait la trace de ses deux doigts – les laïcs de ma famille critiquaient cette croyance insensée.

Ma grand-mère farcissait les chapons de pain de mie et de moutarde, et leur goût était savoureux. Mais je préférais les rougets accompagnés de petits morceaux de pain, imbibés d'huile d'olive et nappés de leurs foies écrasés.

Lorsque nous recevions, au cinquième étage du cours La Fayette, ma grand-mère se rendait rue de la Cathédrale, chez Clarisse, la poissonnière, pour lui commander des langoustes. Dans son enfance, ces crustacés étaient nombreux sur les étals des pêcheurs de Ligurie.

Eugénie m'avait confié l'audace d'un de ses cousins germains, Anjoulin, qui s'était bâti un cabanon sur la jetée d'Oneglia, ville jumelle de Porto Maurizio, sans permis de construire. Il avait un vrai talent de conteur, de bateleur et de pêcheur. Pas bête, il invitait quelques notables de la cité, des politiques, des commerçants, des patrons, mais peu d'autorités religieuses car la famille était très laïque. Ceux-ci venaient déguster des fritures dans son palais de planches, au bord de l'eau. Au milieu de ses hôtes, il y avait toujours son frère, Nanin, pêcheur virtuose et dirigeant syndicaliste, qui le fournissait en champignons. Au printemps, Anjoulin espionnait Nanin pour découvrir où poussaient ces merveilles, mais, se sachant surveillé, l'autre partait dans de fausses directions, et Anjoulin n'a jamais réussi à percer ce secret. Pourtant, ces champignons se trouvaient tout près de sa cabane, sur le terre-plein, de l'autre côté du môle.

Revenons aux langoustes. Elles étaient cuisinées à l'armoricaine. En Corse, j'ai dégusté beaucoup de langoustes grillées, mais je garde la nostalgie de la façon dont ma grand-mère les préparait. Un jour, elle reçut ses amies d'Hyères, épicières sous la tour du Templier de la vieille ville. La patronne de l'épicerie était la veuve d'un épouvantable Napolitain qui me terrorisait – aussi, je fus ravi de sa disparition, preuve que les enfants peuvent apprécier une perte. La sœur de cette femme était aveugle et capricieuse, et ma grand-mère la détestait. Nous avions imaginé tous les deux une farce terrible : laisser croire à l'aveugle qu'elle avait fait tomber la langouste de son assiette. Nous avons ri très fort mais notre méchanceté nous a permis de mieux accepter l'antipathie que nous éprouvions vis-à-vis de la non-voyante. (Il a fallu que je travaille de nombreuses années pour comprendre le contre-transfert en psychiatrie !)

Ce jour-là, la fête était double : Eugénie recevait aussi une cousine qui, par son union, s'était élevée socialement. Les carrés de raviolis, recouverts d'un drap et disposés sur les planches, occupaient le séjour, car la cuisine était trop petite. Nous étions six à table, ma grand-mère et moi, l'aveugle et sa sœur, la cousine et son riche mari. L'arrivée des langoustes fut le clou du repas. Elles étaient réellement savoureuses, baignant dans la sauce armoricaine. Il y en avait douze dans le chaudron sur le poêle. Les couverts en argent des deux trousseaux de ma grand-mère, qui s'était mariée deux fois, étaient de sortie. Sur la table trônaient également les verres à porto, un peu petits mais en cristal, offerts par « Tata Nouri » qui les tenait de son amant banquier à Marseille. J'admirais ma grand-mère, elle me faisait participer à tout ; je l'aidai même à porter le chaudron.

C'est à ce moment sacré que la cousine commit une erreur fatale : elle déclara qu'elle mangeait souvent ce plat avec son mari. Ma grand-mère la foudroya du regard et commenta : « Tu sais, petite, le mortier sent toujours l'ail », la renvoyant à ses origines, qu'elle faisait semblant d'avoir oubliées. Je remercie encore Eugénie pour ces mots.

Le soin et l'autorité

Les carabins sont souvent excessifs dans leurs fêtes d'internat. Je n'ai évidemment pas échappé à la règle. Que ce soit à l'occasion d'une orientation, d'un « enterrement » (le terme désigne la fin du mandat d'interne, en général abondamment arrosé) ou pour toute autre occasion à thème, les excès sont légion. C'est sans doute une façon d'exorciser la crainte au quotidien qu'engendrent la proximité avec la maladie et la possibilité d'une issue fatale.

Lors des quelques mois que je passai dans un internat hors CHU, en périphérie de la ville universitaire, je fus contraint un jour de me réfugier à l'aube chez ma grand-mère. Fragilisé par la boisson, je n'osais pas rentrer chez moi et prendre le risque d'affronter mon père. Je me sentais en faute et il fallait à tout prix que j'évite son regard de désaveu. Je n'ai jamais vu mon père ivre, à peine un peu plus souriant que d'habitude lors des fêtes de famille. J'allai donc me cacher au cinquième étage, chez Eugénie, où l'alcôve de mon oncle pourrait me servir de refuge. J'eus beau me faire le plus discret possible, je trébuchai au passage sur ce satané portemanteau qui, avec ses crochets bas, est un véritable *ganciu*[1] pour poivrots. J'enrageai et cela accentua la migraine qui est, chez moi, la punition habituelle de l'excès. Transpirant, je me glissai tout habillé sous l'édredon en plumetis et tirai le rideau qui obturait l'alcôve. Évidemment, le bruit réveilla ma grand-mère. Lorsque je balbutiai des excuses, elle me rappela que, toute sa vie, elle s'était levée à 4 heures du matin pour se rendre au marché. Je m'excusai de nouveau et elle m'arrêta: «Mais que dis-tu? Je suis toujours ravie que tu sois là.» Pauvre de moi! Je ne boirais plus jamais pour ne plus me retrouver dans une telle situation. Elle me manifesta une chaleur pleine d'affection que je ne méritais pas. Mais le pirc m'attendait.

Elle me regarda d'un air interrogateur et alluma la lampe de chevet. Sous l'effet de cette stimulation lumineuse, j'eus l'impression que ma tête éclatait. Eugénie m'examina bizarrement, moi qui étais au bord de la perte de conscience et voulais à tout prix dormir. Elle me demanda de tirer la langue, abaissa ma paupière inférieure

1. Ustensile acéré avec lequel on gaffe les thons pour les remonter à bord.

droite puis la gauche en me tapotant doucement les joues. Je rêvais, c'était elle le médecin ! Le diagnostic tomba dans sa brutalité : « Marcel, tu as des vers. » J'entendis évidemment « verres », car la culpabilité des alcooliques est terrible – ils ressentent tout comme une critique. « Il faut que je te purge », me dit-elle. J'entendis « murge » et je fus surpris qu'elle s'exprime en argot. Elle ajouta : « Je vais te faire un collier d'ail. » Ça y est, je délirais ! Le *delirium tremens*, la confusion mentale m'envahissait et j'allais finir comme un « Gayet-Wernicke[1] » ! J'avais rencontré des patients atteints de cette affection lors de mon dernier stage d'interne en psychiatrie. Je balbutiai en écorchant les mots et lui dis que je ne comprenais absolument pas ce qu'elle racontait. Elle planta son regard dans le mien avec l'intensité des moments décisifs : « Je te dis que tu as des vers, tu es bistre et je vais te soigner. »

La peur m'envahit. Enfant, j'ai toujours été considéré comme fragile et, lorsque je toussais, ma grand-mère me plaçait des ventouses et des cataplasmes à la moutarde avec la complicité de ma mère, qui faisait office d'aide-soignante. La sensation de brûlure causée par les petits récipients de verre était alors majorée par l'emplâtre. « Je ne tousse pas », invoquai-je. Elle me répon-

---

1. Trouble démentiel secondaire de l'alcoolisme.

dit, surprise : « Il ne manquerait plus que ça ! » Je compris alors que, dans l'antre de l'ogresse, mes chances de m'en sortir sans dégâts étaient minimes. Elle se leva, éteignit la lampe et s'en alla. Dans l'état où j'étais, je pensai avoir rêvé. Je fermai les yeux et m'endormis. Elle me tapota l'épaule et je sentis une odeur puissante, infecte. En pleine confusion, je demandai : « Qu'est-ce que tu fais ? » Avant que j'aie pu esquisser un geste de défense, elle me passa autour du cou un collier d'ail dont les gousses étaient épluchées. J'ai toujours eu, j'ai encore, une phobie du contact avec ce condiment essentiel de la cuisine méditerranéenne. Je ne sais si cela remonte à cet épisode ou si c'est antérieur. Affaibli, je n'émis pas la moindre protestation ni ne tentai d'ôter le collier. Pour comble de malheur, je toussai et j'eus envie de vomir. Ma grand-mère me fixa d'un air sévère, m'enjoignant de tenir bon. Elle conclut son soin par un incroyable « Repose-toi bien maintenant », et retourna à la cuisine pour préparer le déjeuner. Je me sentais comme un bagnard de Cayenne enchaîné par mon collier d'ail et entravé pour la nuit.

Les rayons de l'aube transperçaient à présent le rideau de l'alcôve, je ne dormirais plus. Grotesque avec ma chemise tachée et mon collier odorant, je me levai en titubant pour aller rejoindre Eugénie dans sa cuisine. Je m'assis sur la chaise paillée, la même depuis mon enfance, et je lui dis : « Mé, fais-moi un café. » Elle sourit et me répondit : « Il est prêt, je savais que tu en voudrais un. »

Finalement, je me demande si elle n'a pas cherché à me punir de mes excès avec ce satané tour de cou.

Collobrières

J'avais huit mois. On ne se souvient pas des événements vécus avant l'âge de trois ans, je suis donc complètement couvert par l'amnésie infantile. Toute réminiscence est alors une reconstruction de ce qui nous a été raconté, et certaines images peuvent réapparaître.

Je m'étais mis à avoir des quintes de toux avec parfois, m'a-t-on dit, la sensation de suffoquer. Un médecin de quartier avait émis l'hypothèse d'une coqueluche et assené: « On sait à cet âge comment cela commence, mais pas comment cela finit. » Ma grand-mère prit une décision d'une folle audace pour l'époque, une véritable transgression sociale: elle m'emmena consulter un pédiatre. Le meilleur de la ville était le Dr Sansot (son frère cadet deviendra un ami, et nous aurons de magnifiques rencontres ensemble). Il me fit pratiquer un examen moderne: une radiographie, dont il donna les résultats à ma mère et à ma grand-mère. Mon père n'était pas venu à la consultation – comme beaucoup de pères, à l'époque. L'examen révélait un énorme ganglion tuberculeux latéro-trachéal droit. Le médecin expliqua le risque de rupture dans les bronches par effraction de la paroi, ce qui pouvait entraîner une asphyxie. Cette maladie pouvait aussi évoluer dans le sens d'une expansion du bacille de Koch avec envahissement pulmonaire, osseux, voire, très fréquemment, provoquer une méningite tuberculeuse laissant les enfants gravement handicapés sur le plan intellectuel. D'après la légende familiale, Eugénie aurait répliqué au médecin : « Monsieur le docteur, vous êtes un grossier, il n'y a pas de tuberculeux dans la famille. » Selon elle, notre lignée avait résisté depuis la nuit des temps aux diverses épidémies ravageant la région.

De retour à la maison, ayant repris le dessus sur le discours médical, Eugénie décida *in petto* qu'il fallait que je change d'air. Ma mère, totalement soumise à l'autorité maternelle, et mon père, qui n'avait pas son mot à dire (l'hostilité de ma grand-mère à son égard fut toujours très vive), commencèrent les bagages et regroupèrent mes habits qui, par leur blancheur immaculée, évoquaient déjà pour certains le linceul. Ma grand-mère activa ses réseaux italiens. Son amie Fiori, épouse d'un Napolitain, lui trouva une maison à Collobrières, en pleine forêt des Maures. Le bon air contre les miasmes de l'épidémie – un peu comme l'avait fait Machiavel sur les collines toscanes pour éviter la Florence pestilentielle. Mais avouez : pour un changement d'air, s'éloigner de trente-cinq kilomètres à vol d'oiseau, ce n'est pas grand-chose !

Ma grand-mère et ma mère n'avaient qu'une seule activité : s'occuper de moi. Ainsi s'explique sans doute mon intérêt pour la description « winnicottienne » de cette période de la vie d'un nourrisson. Le pédiatre et psychanalyste Donald Winnicott dit que toutes les mères ont une préoccupation maternelle primaire pendant les dix-huit premiers mois de leur enfant : elles sont à l'affût de ses moindres progrès. De neuf à dix-huit mois, je vécus donc sous le double regard de ma mère et d'Eugénie, et j'étais leur unique centre d'intérêt. Aussi, je marchai avec appui dès mon neuvième mois, prononçai mes premiers mots à dix mois (« mémé », alors que « papa » est un standard plus habituel du développement). Je passais pour un enfant doué, intelligent et prometteur.

Je suis resté neuf mois à Collobrières, dans ce lieu idyllique, étant promené sous les platanes, sur les placettes, au bord de la rivière. Il ne fut plus jamais question de tuberculose et mes lésions cicatrisèrent. Malgré tout, lors des visites médicales scolaires ultérieures, le médecin scanda toujours la même phrase : « Calcifications à la base droite. » En fait, ma cuti était positive et les séquelles étaient devenues des pierres fermant toute voie de sortie au bacille.

Ma grand-mère avait effectué là une véritable grossesse psychologique : elle m'avait enfanté en me guérissant de ma maladie et, bien sûr, cela avait duré neuf mois.

Notre retour à Toulon s'effectua début juin. Les étals croulaient sous les fruits. J'étais survitaminé à force de boire des jus d'agrumes – oranges, citrons, pamplemousses et cédrats –, purs ou mélangés. Je garde une véritable addiction pour ces boissons. Mon autre passion, plus hivernale, reste les marrons glacés qui, à Collobrières, sont les meilleurs du monde. De bons produits d'été et d'hiver pour guérir d'une maladie, un développement psychomoteur surveillé, entretenu et étayé par deux femmes qui s'occupaient exclusivement de moi : tout cela garantissait une belle anticipation développementale.

Après ces longs mois d'absence, je revis mon père. Il avait toujours la même attitude pudique et distanciée qui lui donnait une élégance incroyable en regard du monstre phallique que représentait ma grand-mère Eugénie pour un enfant malade.

Racines italiennes

On pourra s'étonner de la place importante que tenait ma grand-mère par rapport à ma mère dans ma vie d'enfant. Elle m'emmenait en voyage en Italie sans même que mes parents aient le droit de discuter. Sans doute y avait-il là une fragilité de ma relation avec ma mère, tandis que mon père était exclu par les deux femmes ? Cela a entraîné chez moi un lien très fort avec mes cousines, notamment avec Lisa, qui est devenue et est toujours ma mère de substitution.

Je me rends compte que j'invalide trop ma mère par ce propos. Elle était simplement sous la coupe d'une mère au caractère puissant.

Je me rappelle nettement que, lors de mon premier voyage à Rome avec Eugénie, à la fin des années 1950, cette commande journalière résonnait : « Un citron pour le petit. » Un citron surtout pour ma santé. J'ai souffert de migraines redoutables, dont j'ai su plus tard qu'elles pouvaient être l'expression d'une manifestation psychosomatique. Cela commençait par une gêne qui devenait picotement, avec un gonflement de l'artère temporale superficielle, le plus souvent à gauche. Le bruit environnant retentissait dans ma tête comme dans une caisse de résonance. Le moindre rayon de soleil m'était insupportable. Cette douleur gagnait ensuite tout l'hémicrâne et, lorsqu'elle était à son paroxysme, seul le rejet alimentaire pouvait enfin m'apaiser. Je sombrais alors dans un lourd sommeil peuplé de cauchemars.

Comme toujours, Eugénie intervenait lors de ces crises de migraine car elle était responsable de ma santé. Elle découpait un citron en rondelles qu'elle plaçait dans un torchon dont elle m'entourait la tête. (J'en ai d'ailleurs gardé une intolérance au contact cutané avec ce fruit ; je dois me rincer les mains et passer sur ma bouche mes doigts imbibés d'eau.) Cela ne me calmait pas. Seuls les vomissements étaient salvateurs, mais c'était une véritable épreuve physique. Il ne fallait surtout pas faire tomber une rondelle, sinon Eugénie criait, et ses mots éclataient dans mon crâne comme des roulements de tambour. Ma mère souffrait également de migraines, et je tirais un profit négatif de cette identification douloureuse. Maigre consolation !

Durant notre voyage, plus nous descendions vers le Sud, plus nombreux étaient les oliviers et les agrumes. Nous étions heureux d'observer ces oliveraies à flanc de coteau, en Toscane, dans les plaines d'Ombrie et du Latium. Les oranges lourdes qui faisaient ployer les branches, les mandarines, petites et nombreuses, les citrons, les pamplemousses, les cédrats, dinosaures des agrumes…

À Rome, Eugénie m'a fait rencontrer les migrants de Ligurie qui s'étaient installés dans la Ville éternelle. Un cousin éloigné tenait un bar au cœur du Trastevere. Ce bistrot, à l'angle de la via della Peliccia, donnait sur la basilique Santa Maria in Trastevere et ses mosaïques byzantines. Une table à l'extrémité de la pièce permettait d'avoir une belle vue sur la place. Le patron la réservait aux hôtes importants, dont ma grand-mère faisait partie. J'étais fier de l'accompagner. Je m'installais à cette table sous le regard envieux des autres clients. Eugénie commandait toujours un cappuccino crémeux saupoudré de chocolat. C'est à cette occasion que je me suis aperçu qu'elle avait de la moustache, la mousse de lait restant fixée sur ses poils. Je n'en étais pas effrayé, bien au contraire ; cela contrebalançait les moustaches brunes des hommes présents autour de nous. Moi, j'avais toujours droit à mon jus de citron. À cette époque, le sucre était un luxe et pourtant Eugénie en mettait six ou sept morceaux dans sa tasse, qu'elle tournait longuement avec sa cuillère pour bien montrer à son entourage qu'elle pouvait en consommer en quantité. Par défi, je ne sucrais pas ma boisson car j'adorais son goût acide. Nous avions aussi droit aux sempiternels anchois, aux beignets de blettes et parfois même à une petite assiette de stockfishs, un mets originaire de Gênes. Ma grand-mère commandait une fiasque de vin, du frascati, je m'en souviens, et parfois du lacryma-christi. Sans broncher, sans regarder la carafe, j'attendais qu'elle m'en verse un peu, mais elle réclamait invariablement une carafe d'eau pour le couper afin que je puisse en boire. Il y avait aussi le vermentino, un cépage de blanc de Ligurie qui sent les agrumes, l'acidité du sel. Souvent, les clients me servaient en douce. Cela me rappelait l'époque où, enfants de chœur, nous volions le vin de messe. Auprès de cette grand-mère, je me sentais un homme et je me souviens que je faisais claquer ma langue, comme les habitués du bar lorsqu'ils buvaient de la *grappa* après leur café.

Ensuite, nous longions le Tibre jusqu'au pont Garibaldi, près duquel nichaient des rats musqués, les castors de Rome, qui construisaient leurs tanières avec des branchages à l'abri des remous. Nous arrivions près du puissant Castel Sant'Angelo et, en traversant le fleuve, nous atteignions finalement le Forum, qui était libre d'accès à l'époque, et non ceint de grilles comme maintenant. Les thermes de Constantin n'étaient pas encore restaurés. Voilà sans doute l'explication de ma passion pour le latin et l'histoire antique.

Ma grand-mère me racontait que les condamnés étaient autrefois attachés, pieds et poings liés, dans un sac de jute lesté de pierres et renfermant quelques vipères, et précipités dans le Tibre. S'ils en réchappaient, ils étaient libres, mais aucun n'a jamais survécu. Quel bel apprentissage pour un petit garçon que ce voyage dans le passé ! Et quelle initiation ! Lorsqu'un jeune garçon visite la ville antique, il pense à la puissance des Romains, aux guerres puniques, au meurtre de César et au «*Tu quoque mi fili*» («Toi aussi, mon fils») qu'il a lancé à son fils adoptif, Brutus, alors que celui-ci le poignardait. Peut-être aussi faut-il y voir une raison de mon intérêt pour les enfants adoptés.

En Italie

La haute saison, pour la vente des fruits au marché, était le printemps, l'été et le début de l'automne. Il fallait donc me confier à la famille, en Italie, pendant cette période.

Ma cousine Lisa et ma grand-mère n'ont jamais été d'accord sur l'âge de mon premier placement. Eugénie, ne supportant pas que l'on puisse considérer cela comme un abandon, prétendait que j'avais alors cinq ans. Lisa affirmait au contraire que c'était à partir d'un an et demi. C'est elle qui a raison. Je n'ai été scolarisé qu'à l'âge de cinq ans et quatre mois. Né le 31 décembre, j'ai bénéficié d'un passage anticipé en cours préparatoire, et j'ai des souvenirs de séjours en Italie bien antérieurs à cette rentrée scolaire.

Ma grand-mère retournait périodiquement au pays voir sa tante Elisabetta, sœur de sa mère disparue, qui représentait pour elle un véritable ancrage dans la filiation. Celle-ci travaillait au marché de légumes d'Andrea Doria, à Oneglia, un petit marché couvert sur la rue bordant le port. Comme toute ma famille, elle était diabétique et portait un surnom étonnant, « la Mangiouna », littéralement « la bouffeuse ». Eugénie avait besoin de retrouver la chaleur du passé incarnée par sa *zia*, sa tante, qui avait deux filles et deux garçons. J'ai hérité de Nanin ses jambes maigres. À l'adolescence, je n'osais pas me mettre en short ou en maillot. Nanin était un militant communiste : il reversait chaque mois le quart de son maigre salaire au parti. J'avais à peine cinq ans quand il commençait à m'entraîner dans ses parties de cartes tout en buvant du vin de pays. Remarquable joueur de *scopa*, un jeu de cartes italien, il était également cueilleur de champignons, pêcheur et docker. Il chantait aussi. Sa femme, Elvira, nous attendait avec le balai lorsque nous rentrions du Bar de la Marine et faisait mine de nous battre pour nous signifier que nous étions des mécréants. J'en étais fier comme Artaban.

Son frère, Anjoulin, « petit ange », était plus près du ciel que des angelots ; il mesurait deux mètres. C'était un véritable conteur – alors que Nanin était mutique –, amuseur de foule, transgressif et génial.

Les enfants de Nanin étaient au nombre de trois. Benvenuto, « le bienvenu », avait repris la tradition de la famille d'Elvira, sa mère. De retour au pays après plusieurs tours du monde sur des pétroliers, il était devenu patron d'un petit chalutier qui ramassait du sable de mer au moyen d'une pelle excavatrice. À l'époque, on se servait de ce matériau pour les constructions et le crépi, et l'on peut encore voir, sur de vieilles façades, les traces de saumure caractéristiques. Je partais à l'aube avec lui. À fond de cale, je plongeais les bras dans le sable trempé pour en retirer un crabe, un coquillage, et en secret je rêvais, je ne sais pourquoi, d'une perle issue des profondeurs marines.

Les deux filles de Nanin étaient et sont restées exceptionnelles. Ezia, l'aînée, a un style, un charme et un humour immenses. Aujourd'hui, elle jalouse une centenaire de cent deux ans qui va tous les jours à la plage, alors que cela lui est de plus en plus difficile bien qu'elle ait été une grande nageuse et plongeuse. Nous nous disputions les pignons de pin et surtout les *biou*, petits escargots de mer récoltés sur le grand môle par vent d'est. J'enrageais car Ezia était plus adroite que moi, et son assiette creuse se remplissait rapidement de coquilles alors que seules quelques-unes trônaient au centre de la mienne. Il y avait aussi les oursins, dont la pêche était sévèrement réglementée en été et que j'allais déguster avec elle. Ezia a épousé le beau Giancarlo et a eu pour première fille Elviretta, dont je dois dire qu'elle constituait pour moi une véritable rivale fraternelle car elle était la fille de la famille, alors que je n'étais qu'un petit cousin éloigné. De nos jours, Ezia pense souvent à ce temps béni en se plaignant de la Toscane pluvieuse où elle réside à présent.

Les portraits des ancêtres navigateurs d'Elvira, qu'a imités Benvenuto, trônaient dans le séjour de la maison du port, représentant le passé glorieux de la famille. Une alcôve, en particulier, me terrorisait et je passais devant en pressant le pas. Mais cette finaude d'Ezia m'avait repéré et me précipita un jour dans la pièce alors qu'elle s'était habillée en *strega* (sorcière). À mon tour, j'ai terrorisé Elviretta lorsqu'elle était enfant.

Lisa, la sœur d'Ezia, était ma préférée. Elle est restée mon amie. Je voulais l'épouser mais elle s'est mariée avec Angelo. Tous deux me tiennent lieu de parents désormais. Ces êtres délicieux, intelligents et droits n'ont pas eu d'enfant. Dommage, mais moi je me réjouis de tels substituts parentaux ! Lisa m'appelle souvent, me prépare des raviolis. Angelo m'évoque les sages de l'Antiquité. Il possède sept caves remplies de trésors que j'ai mentionnées dans *Chacun cherche un père*. Il travaillait comme déménageur avec un camion-moto à l'énorme guidon ; lorsqu'il m'arrivait de l'accompagner, je me sentais le plus fort et le plus puissant du monde.

Ce monde paradisiaque, il fallait malgré tout le quitter à la fin de la belle saison. Je faisais alors des bêtises, comme les enfants adoptés qui s'efforcent de déplaire dans le but de savoir s'ils sont aimés. Ma mère me paraissait petite, laide et mal habillée. Quand je l'apercevais de loin, à la sortie de la gare, non seulement j'avais honte d'elle mais j'étais désespéré de devoir repartir à ses côtés. Mon père, lui, ne venait jamais me chercher.

Ma vie sur le marché

Pour moi, la question de la sexualité de ma grand-mère ne s'est jamais posée. Deux fois veuve, elle avait un bassin large, des seins plongeants, des cheveux peu fournis et une démarche lourde. Comme j'avais des insomnies, elle soulageait mes parents en descendant avant l'aube du cinquième au troisième étage. Elle venait vérifier que « le petit était réveillé » car je ne dormais pas. Nous partions dans la nuit au marché de gros des fruits et légumes, au cœur de Besagne, un quartier de Toulon. Les portefaix en bleu de Chine et casquette tiraient des charretons avec une sangle en cuir passée autour du torse. Mes troubles du sommeil ont permis ces déambulations nocturnes au milieu des marchés. Un de mes amis pédiatres, Jean-Pierre Cohen, m'a raconté qu'il se promenait parfois, en voiture à Marseille, avec les mères et leurs nourrissons pour qu'ils arrivent à trouver le sommeil.

Après avoir acheté des artichauts d'Hyères, des choux, des salades et des céleris, nous allions au bar. Il était curieux que le petit garçon que j'étais aille fréquemment dans les bars dès l'âge de cinq ans. Ce n'est pas un endroit pour les enfants. Mais, ma famille vendant sur les marchés, il fallait bien que je m'abrite en cas de froid ou de pluie. Il en existait plusieurs, incroyables. L'un, avec des femmes d'Afrique du Nord qui chantaient, dansaient au son des rababs et des violons, un véritable gynécée où elles me prenaient dans leurs bras et m'entouraient de leur parfum pendant que je mangeais des gâteaux au miel. Un autre, plus orienté vers les paris hippiques. Il existait aussi des établissements plus classiques avec des joueurs de cartes, de manille, comme dans les films de Marcel Pagnol. J'allais souvent au bar situé derrière l'étal de ma grand-mère, car il possédait des flippers. Eugénie m'autorisait à plonger la main dans sa caisse et à y prendre une poignée de pièces de vingt centimes. Je montais sur une chaise et jouais au flipper de manière répétitive, addictive.

Mais notre établissement de prédilection était un bar tenu par un ancien pilier international de rugby, qui dépassait les cent quarante kilos et me faisait l'effet d'un ogre. À l'époque de sa gloire, avant un match contre les Anglais, il mangeait une gousse d'ail crue pour leur souffler son haleine au visage au moment des mêlées, au grand dégoût des *British*. Je me souviens de ce bistrot, des tables au plateau en zinc, des chaises identiques et surtout de l'odeur de la sueur des hommes transportant des cageots, du parfum de tabac des cigarettes roulées et de la cuisine de Julot, le maître des lieux. Quand, plus tard, je lus Rabelais, je compris que j'étais alors chez Gargantua.

Dans cet endroit, j'étais aussi confronté à une autre de mes difficultés : l'alimentation. Les prosélytes de l'allaitement maternel retiendront avec délice l'idée que j'ai été sevré très tôt à cause de la crainte de la transmission du bacille de Koch, privant ma mère de ce plaisir sur ordre de ma grand-mère. C'est pour cette raison que je tiens parfois des propos controversés sur l'allaitement maternel. Cela explique également mon acharnement à vouloir accompagner, traiter et guérir les jeunes filles anorexiques.

Dans le bar, on servait des tripes, des pieds paquets, de la daube de sanglier, des poivrons grillés et des petits oiseaux rôtis entourés de lard. Parfois même, un cochon de lait ou un petit veau tournait sur la broche mécanique. Je me souviens du bruit des mâchoires des « cannibales » se refermant sur la chair tendre et du cliquetis caractéristique de leurs dents en or.

Ma grand-mère offrait souvent des tournées. Elle sortait son vieux porte-monnaie oblong, fermé par deux crochets dorés. Des hommes mûrs lui souriaient, laissant apparaître leurs dents en or. Il me semblait que j'allais être broyé par ces prothèses.

Je remarquais alors un changement de ton, des rires sourds, et parfois je trouvais qu'ils s'approchaient un peu trop du corps asexué d'Eugénie, qui était mon repère de tranquillité affective.

Alors, avec une brutalité incompréhensible, ma grand-mère me ramenait chez moi. Ses pas et son souffle s'accéléraient jusqu'à ce que nous arrivions au troisième étage. J'étais quasiment propulsé dans ma chambre et j'entendais la porte d'entrée claquer derrière moi : Eugénie était repartie vers la taverne. J'essayais, en vain, de trouver le sommeil. Heureusement, l'aurore venait à mon secours, c'était l'heure de se lever. Je retrouvais ma grand-mère derrière son banc de légumes, elle souriait, m'embrassait et me demandait systématiquement : « Tu as bien dormi, mon compagnon de nuit ? » Ces paroles déclenchaient chez moi une ivresse de complicité qui m'unissait à elle, mais je percevais aussi une trahison.

Le matin, elle me donnait quelques pièces et je retournais dans le bar où nous avions passé une partie de la nuit. Une chaise m'était attribuée et je me hissais à la hauteur du flipper, que j'enlaçais. Pressant sur les boutons, je partais à la conquête des parties gratuites, sans tilt, sous les vivats des portefaix dont le labeur était achevé.

Une maîtresse femme

J'ai toujours su la force, la place indélogeable de chef qu'occupait ma grand-mère dans la hiérarchie familiale. La puissance y est définitivement féminine, comme chez les Étrusques, où l'égalité des sexes était admise au point que, sur les urnes funéraires, la taille des femmes était équivalente à celle des hommes. Il semble également qu'Eugénie ait toujours été autonome et indépendante.

Son premier époux a été gazé pendant la Première Guerre mondiale. J'ignore si le gaz l'avait gravement intoxiqué mais, indiscutablement, il en tirait des bénéfices secondaires importants : il devait respirer le bon air dans un cabanon qu'il possédait dans le Haut-Var, où il chassait, jouait aux boules et aux cartes, accompagné de compères aussi peu actifs que lui.

Il présentait des troubles psychiques dus soit à une vulnérabilité antérieure, soit à son alcoolisme. Mais la famille leur avait trouvé une cause plus avouable : il se teignait les cheveux, ce qui l'avait rendu malade ! Il fut hospitalisé en milieu psychiatrique, où il mourut.

Son second époux, sans grande personnalité, n'a jamais eu d'activité régulière. La famille a également tenu secrète sa fin. Il a donc fallu qu'Eugénie fasse bouillir la marmite toute sa vie car elle était seule.

Je sais que ma grand-mère a eu une passion amoureuse pour un Napolitain aux yeux de braise qui plongeait son regard dans son opulente poitrine. Cette passion fut si dévorante et exclusive qu'Eugénie plaça ma mère et mon oncle, confiés à Berthe, sa fille adoptive, chez des amis à Nice, dans des conditions matérielles difficiles. (Ma tante Claire, considérée comme fragile, fut gardée à la maison.) Cet abandon précoce marqua ma mère durablement et permet de comprendre certaines de ses attitudes distantes. Mais, à moi, son petit-fils, Eugénie a toujours paru asexuée : elle n'était ni un homme ni une femme, mais ma grand-mère.

C'est elle qui avait émigré au début des années 1900, puis avait organisé l'arrivée de plusieurs membres de sa famille. À cette époque, 63 % des immigrés à Marseille venaient d'Italie, un chiffre jamais égalé ni dépassé depuis lors. Mon arrière-grand-père, que mes parents décrivaient comme un adorable personnage, avait suivi sa fille dans l'exil. Il était cultivateur à Valoria, petit village d'où, par une trouée entre les collines, on peut apercevoir un bout d'Imperia et de Méditerranée. En vieux monsieur gourmand, il venait souvent déjeuner chez mes parents, et nous a laissé le souvenir de sympathiques rencontres autour d'un repas.

La vie de ma grand-mère était limitée à son périmètre familial, élargi à ses frères et sœurs ainsi qu'à ses cousins d'Italie. Elle parlait rarement de ses propres origines. Elle gardait une vieille photographie de sa mère et évoquait peu son père. Elle rencontra son premier mari au Panier, célèbre quartier marseillais où se regroupaient les migrants italiens.

Eugénie n'avait peur de rien, seulement des douaniers lors du passage de la frontière, car elle transportait du sucre, du chocolat et des bananes pour ses cousins, et rapportait d'Italie des bijoux en or de qualité médiocre, à thème religieux. Elle portait toujours un tablier noir noué autour de la taille. L'été, elle osait dénuder ses bras, seule concession au changement saisonnier. Elle montait chaque jour les sacs à la force des bras jusqu'au cinquième étage, à son rythme, sans s'arrêter ni souffler. Écoutait-elle la radio ? Était-elle intéressée par Radio Londres ? Alors que le militantisme de gauche était bien implanté dans la famille, elle ne s'intéressait absolument pas à la politique, ne lisait pas les journaux. Elle respectait la ferveur catholique de sa sœur Louise, dont le mari était communiste. Quant à mon oncle, son fils adoré, il était gaulliste.

Toute ma famille vendait sur le marché du cours La Fayette, à Toulon, mes oncles, tantes et cousines. Ma grand-mère se tenait au carrefour, ma mère un peu en aval et ma tante en amont. Dans l'alignement, on trouvait toutes les sœurs d'Eugénie et les frères et sœurs de mon père.

Comment peut-on vivre quand l'urgence est d'abord de survivre ? Pour ma famille maternelle, la priorité n'était pas l'avenir, mais le présent. Aussi les migrants issus de familles nombreuses avaient-ils pris la décision surprenante de n'avoir qu'un enfant, en misant, comme au casino, sur un seul numéro et en provoquant la chance pour changer de destinée.

Ce pari, au final, a bien souvent été payé de retour. Comment ne pas applaudir mon cousin Jacques, qui a mis en place un empire industriel et commercial dans le prêt-à-porter, avec des usines au Portugal et en Inde, des commerces multiples, et même l'un des plus prestigieux magasins sur le port de Saint-Tropez ?

Comment ne pas admirer la trajectoire d'un autre cousin, Joseph, qui, pour payer ses études, était apprenti à l'arsenal de Toulon et travaillait d'arrache-pied la nuit dans sa chambre, une pièce située au-dessus des miasmes malodorants d'une triperie ? Il a passé le concours d'ingénieur du génie maritime et est devenu « l'amiral Jojo ».

Un autre, facteur, a accompli sa reconversion dans le commerce.

Votre serviteur aussi, qui fit le choix d'une carrière universitaire.

Tous ont eu des enfants.

Moi, j'ai eu une fille qui, fidèle à cette spirale sociale, a effectué un remarquable parcours.

Réminiscences

Mon activité de clinicien me ramène souvent aux souvenirs de ma grand-mère qui m'emmenait voir les morts.

Je reçois un jour en consultation un petit garçon âgé de cinq ans, en compagnie de sa grand-mère maternelle. Sa maman, en stade terminal d'un cancer du sein, est sur le point de mourir. Elle est hospitalisée à l'institut Paoli-Calmettes, situé en face de l'hôpital Salvator, à Marseille. L'enfant entre dans mon bureau avec sa « grand-mémé », comme il l'appelle. Je me présente, mais il m'arrête en tendant vers moi la paume de sa main : « Je sais, tu es le docteur des soucis. » À la question : « As-tu des soucis ? », il répond qu'il ne veut pas m'en parler.

« D'accord, lui dis-je. Parlons d'autre chose. » Et je lui demande – par pure intuition, car il me paraît gourmand – ce qu'il aime, ce qu'il a mangé de bon ces derniers jours. Il sourit et, me pointant du doigt, dit :

« Du hachis Parmentier.

– C'est ta maman qui l'a préparé ? »

De façon rapide, presque violente, il répond :

« Tu es un gros menteur, ce n'est pas elle qui m'a fait ce plat. »

Je lui demande alors si c'est sa grand-mémé. Il affirme plusieurs fois de suite :

« Tu es un gros menteur, tu inventes. »

Je manifeste ma perplexité et c'est alors qu'avec force il m'affirme que c'est son père qui a préparé ce plat. À moi de jouer. Je lui rétorque que c'est lui, le gros menteur, car les pères ne savent pas cuisiner le hachis Parmentier. Il tape des pieds, me sourit et répète en chantonnant : « Gros menteur, gros menteur. »

J'insiste, en chantant moi aussi pour jouer avec lui : « Les papas ne font pas des hachis Parmentier. »

Il s'arrête de jouer, me regarde droit dans les yeux et me dit : « Mon papa, c'est lui qui sait le mieux le réchauffer. »

J'éclate de rire, j'applaudis, car le talent se récompense, et j'ajoute :

« Je suis tout à fait d'accord avec toi, tu es le plus fort.

– Au revoir, je reviendrai te voir quand j'aurai des soucis », promet-il.

Je l'attends.

Lorsque le frère d'Eugénie, François, dont le véritable prénom était Giuseppe (la coutume, dans la famille, était de franciser ou d'italianiser les prénoms de manière incompréhensible), disparut, on assista à une scène grotesque. Ma grand-mère, me lâchant la main, se précipita sur le corps du défunt pour l'embrasser et l'étreindre, mais comme elle ne s'était pas aperçue qu'il était sur un brancard roulant, elle dévala le couloir quasiment couchée sur le cadavre. Elle me criait : « Rattrape-moi ! Rattrape-moi !... » Moi, je voulais bien l'aider, mais j'étais incapable d'arrêter la course d'un mort ! Au bout d'une dizaine de mètres, le brancard se renversa, nous livrant le corps de François, et ma grand-mère s'en tira sans dommages. En quittant l'hôpital, nous avons éclaté de rire, sans que ce soit irrespectueux pour le défunt.

Une autre fois, c'est la tante d'Italie de ma grand-mère qui allait mourir. Très atteinte par son diabète, avec des maux perforants plantaires bilatéraux, des troubles de la vision, du cœur et une néphropathie, elle était néanmoins toujours aussi gourmande. Le garde-manger de sa cuisine recelait des trésors, notamment les meilleures pâtes de coing du monde. Un matin, ma grand-mère m'annonça notre départ pour l'Italie car la tante Elisabetta était décédée. Nous sommes partis le soir même. En locomotive à vapeur, nous avons traversé « Nizza la belle », Menton et ses maisons accrochées à la colline, San Remo et enfin Imperia et Oneglia, lieux de résidence de sa tante. Pour accéder à la maison d'Elisabetta, il fallait gravir un escalier dont la rampe était une corde d'amarrage récupérée sur les quais. Je sens encore la tresse dans ma paume.

L'appartement est ouvert, de nombreux membres de la famille sont là, ses fils, ses filles bien évidemment, ma cousine Lisa Bianca dont Elisabetta était la grand-mère. La chambre est éclairée par des cierges dont la lueur tressaute car dehors souffle un puissant libeccio. Autour d'Elisabetta, des femmes habillées de noir, la tête voilée d'un foulard, se lamentent et psalmodient des phrases dont je comprends qu'elles concernent les qualités de la défunte: «Quelle mère admirable et grand-mère parfaite elle était!»

L'ensemble de la famille est agglutiné autour de la dépouille. Personne ne s'occupe de moi. Ma cousine et moi nous asseyons sur les chaises d'enfants dans la pièce où gît la morte. Le temps s'écoule, les pleurs et les litanies se poursuivent. Comme de coutume en Italie, les parents, voisins et amis apportent des plats pour que l'on mange tout en parlant de la disparue. Arrivent alors des anchois au sel, des beignets aux blettes et aux pommes de terre, de la poitrine de veau farcie à la *persa*, des petits encornets et surtout des tartes, dont certaines aux mûres. Lisa Bianca et moi quittons la pièce en emportant ces mets pour les déguster tranquillement dans notre coin.

Il est temps d'avouer ce que nous avons fait ce jour-là aux dépens de la morte : de son vivant, elle nous rationnait gentiment en nous disant qu'il fallait garder des pâtes de coing pour nos prochaines venues, mais ce jour-là nous nous sommes gavés plus que de raison.

Soudain, nous sommes alertés par un changement de tempo dans le chant des pleureuses et nous retournons dans la chambre. L'une des femmes gesticule en tournant les yeux d'un côté. Nous pensons qu'il s'agit d'un rituel spécifique et que le moment est venu de l'exécuter. Mais Lisa Bianca éclate de rire et me souffle à l'oreille d'écouter ce qu'elles disent. Regardant une fantastique pièce montée de sardines farcies offerte par un pêcheur, une des trois pleureuses interpelle ses deux complices en chantant : « *Oufemia, Dadoucha, guardi, guardi, una a una se le tira tutti.* » (« Oufemia, Dadoucha, regarde, regarde bien, une par une, elles les prennent toutes ! »)

Bon pied, bon œil, les pleureuses !

Une héroïne ordinaire

Autre personnage important de mon enfance, Berthe, la fille adoptée par ma grand-mère alors qu'elle était veuve. Étonnant d'adopter un enfant dans un milieu modeste et défavorisé. Berthe avait été abandonnée par sa mère qui n'avait plus les moyens de la faire vivre, et elle est devenue une grande sœur pour ma mère, sa sœur et son frère, et une tante pour moi.

Berthe était née de père inconnu. Sa mère faisait le plus vieux métier du monde sous la coupe d'un petit marlou. Son « homme » voulait qu'elle abandonne son enfant pour retourner au plus vite travailler, il lui faisait miroiter une nouvelle vie à Buenos Aires. Sa grossesse a changé son existence.

Alors qu'elle était toute jeune, Berthe est tombée à son tour amoureuse d'un « souteneur du pavé d'amour ». Elle a fait part à ma grand-mère de sa volonté de travailler dans un bar. Eugénie l'a regardée avec l'autorité qui était la sienne aux moments décisifs et lui a demandé qui lui proposait cet emploi. Berthe a répondu en bredouillant que c'était le beau Mario. « Celui pour lequel tu t'habilles curieusement depuis quelques mois ? » a interrogé Eugénie. La tête baissée, en rougissant, Berthe a soufflé « oui ». Ma grand-mère, sans laisser la place au moindre débat, a décidé d'aller parler à Mario dans un bar malfamé du quartier du Chapeau rouge. Et elle l'a menacé devant tous ses amis exerçant le même « métier ». Résultat : Berthe n'a jamais travaillé dans ce bar.

C'est cela, un vrai héros, quelqu'un qui possède ce courage ordinaire.

Ma mère

Mon enfance a été traversée par la crainte d'une séparation de mes parents. Dès que commençait une dispute, je partais me réfugier au cinquième étage, chez ma grand-mère, après avoir fait une halte au quatrième chez « Tata Nouri » qui, sans mari et sans enfants, ne connaissait pas de telles situations.

Eugénie n'avait pour mon père que peu de sympathie. Pourquoi cette animosité ? Sans doute à cause de sa propre vie affective qui, hormis son aventure torride et fulgurante avec le Napolitain aux yeux de braise, avait été si pauvre.

On peut avoir un père distant, apparemment peu impliqué, mais capable de transmettre des valeurs surmoïques[1] puissantes, tout en sachant faire preuve d'autorité. En somme, bien que

1. Terme de psychanalyse, relatif au surmoi, l'un des trois constituants de la personnalité qui correspond au sens moral.

fortement invalidé par les femmes de la famille, le mien a tenu bon dans sa mission de transmission à mon égard. Je ne voudrais cependant pas maltraiter la part maternelle et me montrer injuste vis-à-vis de ma mère. Elle était passionnelle et pouvait être agressive envers les autres ou moi-même. Les acquis cognitifs et culturels (par l'éducation, la scolarité, les études...), dont elle aurait sans doute été capable, ne lui ont jamais été proposés. Cette mère, en partie critiquable, a été une grand-mère admirative de sa petite-fille et a joué avec elle comme elle ne l'avait jamais fait avec moi.

Elle avait un sens remarquable de la vente et savait entretenir de bonnes relations avec les clientes, toutes classes sociales confondues. Vendre des légumes et des fruits, c'est convaincre l'autre d'un choix sans le lui imposer, mais en lui faisant souvent croire qu'il en est l'initiateur.

Je me souviens notamment de sa relation avec les femmes d'officiers de marine, un peu snobs, chics, si bien éduquées à qui, l'été, elle vendait ses melons. Au petit matin, alors qu'il faisait encore nuit, mon père réussissait à acheter des lots de melons d'Hyères, ceux qui poussent près des marais salants et sont très sucrés. Ma mère soupesait, coupait parfois, sur la partie supérieure du melon, un petit triangle qu'elle détachait de la pointe du couteau pour que les clientes y goûtent. Une vraie prise de risque : le fruit était jeté s'il ne donnait pas satisfaction. Puis elle bouchait l'orifice en tapant sur la partie vidée de sa pulpe alors que le melon était encore dans la bouche de sa cliente. L'affaire était ainsi conclue. Elle choisissait pour cette opération les melons fendus, ceux qui éclatent véritablement de sucre, et ne se trompait jamais. Elle prétendait que de toute façon, avec leur bonne éducation, ces clientes étaient capables de les trouver bons même s'ils ne l'étaient pas. Et quand elle leur parlait de moi, elle mettait fièrement l'accent sur ma réussite scolaire ou universitaire.

Il y a quelques années, lors d'un exposé à la mairie du 5e arrondissement de Paris, j'ai eu la joie de revoir mon institutrice de CM1. Elle ignorait, mais elle l'apprendra peut-être en lisant ces lignes, que j'avais été très amoureux d'elle et que je me souvenais parfaitement de sa voix, de son élégance et de l'intérêt qu'elle me portait. À la fin de mon intervention, elle est venue me trouver pour me dire que j'étais semblable au petit garçon qu'elle avait connu. Merci infiniment, madame, je suis encore heureux du prix d'excellence que vous m'avez décerné cette année-là.

Mon voisin de classe, qui n'avait pas reçu cette distinction, était deuxième et son père, amiral, avait demandé à l'institutrice si « cela pouvait s'arranger ». Choquée par cette exigence, cette dernière avait catégoriquement refusé. Elle m'a rappelé ce jour-là cette anecdote en insistant sur la position ferme de ma mère : elle vendait des melons, mais ne lâchait rien sur mon avenir et était résolument à mes côtés.

Cette proximité maternelle avec la marine m'a aidé au moment de mon service militaire. Lors d'un voyage en amoureux en Toscane, au volant d'une vieille 204 prune à toit ouvrant, j'ai brisé un cardan au beau milieu de l'Ombrie, à Montepulciano. Cette panne me mit en retard pour mon incorporation sous les drapeaux. Le sous-officier qui me reçut n'accepta pas mes explications. Maladroitement, je proposai un « auto-certificat médical » mais il m'expédia au 11e bataillon de chasseurs alpins de Barcelonnette. Là, je pris, à tort, quelques libertés avec la hiérarchie militaire. Une altercation avec un aspirant aggrava encore mon cas. Un ami me prêta sa Méhari et je me réfugiai chez ma mère, malheureux, en bidasse avec un pantalon trop court – une sorte de comique troupier à la Fernandel. La police militaire me récupéra et me renvoya parmi les mélèzes de Barcelonnette, avant de me muter à Libourne pour la préparation habituelle du corps de santé.

J'y arrivai peu avant le concours final. Le jour de l'épreuve, j'étais le voisin d'un collègue dont le patronyme commençait par les lettres « SA », juste après les deux miennes, « RU ». Le sujet était : « Que faire lorsqu'on est à proximité d'une explosion nucléaire secondaire à une attaque ennemie ? » Comme je séchais, je demandai de l'aide à mon voisin, lequel me rétorqua que c'était un concours. Lorsqu'un besoin pressant lui fit quitter sa place, je subtilisai sa copie, inscrivis mon nom dessus et la remis au surveillant. Mais, une fois revenu, le candidat me dénonça et je me retrouvai dernier au classement, direction Mururoa, les bombes pour de bon.

À l'annonce de mon classement, ma mère s'exclama, dépitée : « Toi qui es toujours premier ! » Mais la suite est étonnante. En tenue de marchande avec son tablier, elle se rendit à l'amirauté et demanda à rencontrer le responsable de la région maritime. Il céda devant son impétuosité. Je relève ici un trait hérité de ma grand-mère. À l'amiral, elle déclara qu'il était aussi beau et imposant que l'homme en photo au-dessus de lui (c'était le président Georges Pompidou). Il l'interrogea sur ce qu'elle voulait. Elle répondit : « Aider mon fils. » C'est ainsi que je fus muté par télex dans la 3e région maritime, le groupe des bathyscaphes en mission, pour étudier la dérive des continents sur le *Marcel Lebihan*, avec un pacha qui est devenu un ami, et vogue la galère ! Un autre que moi est allé s'irradier à Mururoa. Ma punition consista dans l'obligation de poser, avenue Vauban, à Toulon, chez un photographe de l'époque spécialisé dans les photos militaires, en tenue d'aspirant et le sourire figé. J'ai encore ces clichés.

Mon oncle

J'ai toujours été étonné de la place particulière qu'occupait dans ma famille mon oncle maternel, le jumeau de ma mère. Vivant à Paris, il nous considérait comme des sauvages fixés dans le Sud, travaillant sur les marchés, alors que lui venait nous retrouver chaque année au volant d'une nouvelle voiture, en costume et cravate de soie. Il me passionnait par ses histoires évoquant son train de vie luxueux dans la capitale.

Un jour que j'étais assis à l'arrière de sa décapotable, ma mère à son côté, il dit en regardant les piétons qui traversaient tout en nous observant : « Ils sont jaloux de moi. » « Tu les connais ? » s'étonna ma mère. « Non », répondit-il. Elle lui demanda alors de nous laisser descendre.

Mon oncle prenait des photographies de jeunes hommes étalant leur musculature sur la plage. Il était souvent agressif avec les petites gens dont nous étions, disant qu'il évoluait à présent dans un autre monde. En somme, il était célibataire, vieux garçon, et ma grand-mère clamait qu'il avait toutes les fiancées qu'il voulait car il était beau et élégant.

Mon oncle était homosexuel. Mais personne n'en parlait.

Eugénie n'a jamais abordé le sujet. Il s'était éloigné pour vivre sa vie, dont l'orientation sexuelle n'aurait sans doute pas été supportée ni admise dans la famille. Des problèmes apparaissaient malgré tout. Le mari de ma tante Claire, qui était le seul Français de souche de la famille, se moqua de lui un jour en mimant certaines de ses attitudes maniérées. Mon père, présent, s'approcha alors et lui dit : « Tu sais que tu te moques du frère de nos femmes ? » L'autre continuant ses railleries, cela s'était terminé par un gros coup de poing sur le nez du moqueur. Mais même cet acte ne pouvait pas être évoqué.

C'est vers l'âge de dix-sept ans que j'ai eu la révélation de l'homosexualité de mon oncle, lorsqu'il m'a demandé : « Est-ce que les filles t'intéressent ? » J'ai répondu que je ne pensais qu'à ça, mon choix était déterminé.

Je me souviens aussi de cette remarque d'un de mes amis, qui remonte à plus de cinquante ans, alors que j'étais en Vespa et mon oncle assis derrière moi : « Le garçon que tu as derrière, il vaut mieux l'avoir devant. » « C'est mon oncle », avais-je coupé net. L'ami s'était excusé.

À cette époque, l'homosexualité était loin d'être admise. C'était un malheur, une honte, et surtout un non-dit. Heureusement que les choses ont changé. Sans doute est-ce aussi pour cette raison que je milite en faveur de l'adoption homoparentale.

Fin d'été 2012. Je descends le cours La Fayette, à Toulon, à la recherche de mes fantômes. Tous les revendeurs et revendeuses de ma famille ont disparu, leurs amis aussi. C'en est fini des charretons, remplacés par de petits fourgons réfrigérés. Les bancs sont tous identiques, les bâches de couleur définie et de nouveaux migrants partent à la conquête de leur avenir et ont remplacé les Italiens de mon enfance. Les deux seules survivantes sont Jeanine et Angèle, mes amies d'enfance, mais elles seront bientôt à la retraite.

Le petit garçon maigrichon, introverti que j'étais, a bien changé. Grâce à toi, mémé, et à tes extravagances, à nos voyages en Italie et à la façon originale que tu as eue de t'occuper de moi, me voilà aujourd'hui devenu un pédopsychiatre extraverti, communiquant certes avec les enfants grâce à ma névrose infantile toujours active, mais aussi avec les médias. Si je suis parfois provocateur, ce n'est jamais au détriment de la clinique, toujours essentielle pour moi. Je suis devenu populaire en évitant le populisme. J'ai compris que les moyens de diffusion de la connaissance passent obligatoirement par le contact avec le grand public plutôt que par les cénacles spécialisés. Certains de mes collègues peuvent me critiquer, mais j'assume cette responsabilité de vulgarisation.

Tiens, au coin de la rue Alézard (apothicaire qui mourut du choléra en 1888 en soignant les infectés), une silhouette retient mon attention. Je me prends à rêver que ce soit toi. Souvent les personnes endeuillées imaginent voir passer l'être cher disparu. Mais, évidemment, ce n'est pas toi. Dommage !

J'en aurais profité pour te dire merci pour mon enfance, ton optimisme, ta force dans les difficultés. Et surtout pour te dire que tu es mon arbre de vie.

II.

Lettres
à mes petits-enfants imaginaires

Maintenant que vous avez lu l'histoire d'Eugénie, passons à un autre exercice.

Nous sommes tous des grands-parents imaginaires avant de devenir des grands-parents réels. Nos petits-enfants existent dans nos têtes avant d'être présents dans nos vies. J'ai envie aujourd'hui d'être grand-père, ce qui n'était pas le cas il y a seulement un ou deux ans. Comme le désir d'enfant, le « désir de petit-enfant » est précédé d'une période de maturation, mais il finit un jour par s'imposer dans notre pensée. Je suis prêt désormais, mais comment faire pour anticiper les situations que je pourrais traverser avec ces petits-enfants à venir ? Une solution : leur écrire des lettres. Je suis d'une génération qui ne maîtrise pas les nouveaux moyens de communication : j'écris toujours des lettres.

Pour autant, les grands-parents sont-ils tous les mêmes ? Certes pas. Cependant, au-delà de la diversité des situations rencontrées, c'est l'enfant qu'ils ont été qui leur permet d'aider leurs petits-enfants, de comprendre leurs confidences. Leur place, qui est originale, dépend fondamentalement de l'enfant qu'ils ont été autrefois.

Le passé est une force

Toute notre vie, nous revisitons les souvenirs de notre enfance, et la place des grands-parents est à ce niveau essentielle : ils représentent le passé, la mémoire de ce qui nous a précédés, tandis que nous sommes en train de conquérir le présent. Grâce à eux, nous découvrons et comprenons que nos parents ont eu des parents avant nous.

Les grands-parents sont singuliers, tout à la fois différents et identiques. Ils sont un socle d'identification pour leurs petits-enfants. C'est en étant « pareil » ou « pas pareil » à ses grands-parents que l'enfant se construit.

Lettre
à ma petite-fille imaginaire

Si tu lis ces lignes – et bien sûr tu les liras, toi qui n'existes pas encore aujourd'hui –, je te montrerai le vieux pilon que j'ai gardé alors qu'une cousine voulait le prendre à la disparition de ma grand-mère. J'ai conservé au jardin un petit pot de *persa*, et je te ferai froisser entre les doigts cet origan pour que tu en connaisses le parfum. J'ai encore le vieux bahut d'Eugénie, que j'ai essayé de placer dans une de mes maisons, mais il est très abîmé et tombe en ruine. Le réveil et la radio sont toujours là.

Tu t'amuseras avec ta grand-mère à faire des pâtes. Une « Imperia » trône toujours dans la cuisine. Un gros poêle à bois est présent dans la vallée des Merveilles, à Tende, beaucoup plus moderne que celui de mémé, que je n'ai pas pu garder après l'avoir conservé très longtemps. Au fait, ne mets pas le feu.

Comme tu es une fille, tu auras d'autres qualités que celles du petit garçon que j'ai été.

Je te ferai du saint-pierre – je sais le préparer – tant qu'il y aura sur le port des pêcheurs auxquels je pourrai en acheter. Pour les rougets, pas de problème, mais je pense qu'il faudra attendre ton adolescence car leur goût est très prononcé. J'enlèverai pour toi les arêtes du chapon. J'ai toujours de l'huile d'olive d'Imperia, Lisa et Angelo m'en fournissent à chacune de leurs visites. Ils me donnent aussi des pignons. Pour les anchois, on ne trouve plus de sel rouge, on se débrouillera sans. Je te ferai piler du basilic au vieux pilon. Je suis certain que tu dessineras mieux que moi.

Je m'aperçois que je te transmets une partie d'identification très féminine, mais après tout, pourquoi pas ? Bien que je sois ton grand-père, je ressemble aussi à ma grand-mère. Il serait idiot de penser qu'on ne peut ressembler qu'à un garçon lorsqu'on en est un, et qu'à une fille quand on en est une. Ça te laisse perplexe, et tu ne comprends pas. Mais peut-être qu'on t'aura dit que j'étais pédopsychiatre, et donc un peu bizarre malgré tout.

Je serai un grand-père bavard, je te raconterai des histoires. Il faudra simplement que je sois bien attentif à toi et que ce ne soit pas seulement un plaisir de transmission pour moi. Fais-moi taire si tu en as envie. Tu m'excuseras plus tard, quand je ne serai plus là, en comprenant qu'en deçà des mots, je te manifestais confiance et admiration. D'une grand-mère pudique et silencieuse, il faudra que je conserve une part de non-dit pour que tu puisses effectuer par toi-même tes découvertes.

Les grands-parents existent pleinement

Les grands-parents doivent veiller à ne pas être considérés comme subsidiaires ou comme des « bouche-trous ». Ils ne sont pas là pour combler les vides laissés par les parents auprès de leurs enfants, mais doivent s'imposer dans une relation égalitaire. Ils n'ont pas à subir les volontés de leurs enfants devenus parents. Ils ont leur style, leur mode de vie et leurs plaisirs propres, qu'ils imposent afin que les petits-enfants acceptent en retour de les partager avec eux. Il s'agit là d'un partage, et non d'une disponibilité.

LETTRE
À MES PETITS-ENFANTS IMAGINAIRES

Je vous l'accorde, c'est un drame d'avoir des grands-parents trop jeunes. Non pas sur le plan de l'état civil, car si votre grand-mère et moi sommes vieux comme Hérode, nous nous sentons jeunes dans la tête. Nous tenons à sortir, à aller au restaurant ou au cinéma, à nous occuper de nous, en somme à n'être que peu disponibles, alors que vos parents veulent vous confier à nous pour partir en voyage. Mes voyages et mes occupations comptent tout autant que les leurs. J'ai mérité les loisirs dont je veux maintenant profiter.

Comment pouvez-vous imaginer que je sois disponible pour vous si cela implique de ne plus avoir d'activité professionnelle ou intellectuelle, de renoncer à l'épanouissement de ma vie personnelle ? Je ne veux pas devenir une nounou à temps plein. Je suis quelqu'un qui vit, crée et possède encore des potentialités. Pourquoi vos parents ne caleraient-ils pas leurs vacances sur les miennes ?

J'ai parfois souffert des vacances que je passais en Italie avec ma grand-mère, même si j'étais en compagnie de mes adorables cousines. J'allais chaque année au même endroit, sans mes parents. Si les vôtres vous confient à nous pour une partie de vos vacances, il faut qu'ils passent avec vous l'autre partie. Ainsi, vous ne vivrez pas cela comme un abandon mais comme une expérience originale et la découverte d'une autre existence que celle qu'ils vous proposent. Nous pouvons être des vecteurs de changement et de dépaysement, vous faire découvrir de nouveaux loisirs, d'autres musiques. J'ai une véritable passion pour le jazz, je vous emmènerai au festival d'Antibes – et je me moque bien de la musique sérielle ou classique qu'aiment vos parents.

Je peux aussi programmer des vacances tous ensemble. Sachez seulement que je ne suis pas un deuxième choix. Vous devrez passer par mes choix pour les apprécier, mais vous avez le droit de les refuser.

C'est seulement dans ces conditions de respect mutuel que se situe ma place.

Les origines de la famille

Un des mandats essentiels des grands-parents est de raconter d'où vient la famille, de quel village, de décrire la vieille maison familiale (s'il y en a une et si elle existe encore), de parler de leur métier, de leurs origines modestes (lorsque l'ascenseur social a bien fonctionné). En somme, de raconter le passé pour que le présent des petits-enfants se construise mieux.

Quelques jours avant sa mort, Michel Soulé, mon maître toujours aussi inventif, me disait que l'on avait peu étudié les relations entre les arrière-grands-parents et leurs arrière-petits-enfants, et qu'il fallait se presser car, les femmes ayant leur premier enfant de plus en plus tard, les bisaïeuls sont une espèce en voie de disparition. Il me racontait que ses arrière-petits-enfants étaient très jaloux de son fauteuil électrique, qu'ils qualifiaient de « beau jouet », et qu'ils l'appelaient « papi dodo » car il était souvent allongé. Michel

Soulé ne se positionnait pas dans l'avenir et ne se posait pas la question du devenir de ses arrière-petits-enfants, il approchait de ses quatre-vingt-dix ans.

Lettre
à ma petite-fille imaginaire

Ma petite,

Ta mère, du fait de l'excellence de son parcours, vit sous les ors de la République. Mais je tiens à ce que tu entendes l'histoire de tes origines.

Personne ne peut faire le poids face à la protection inébranlable que ma grand-mère nous accordait, à ses enfants et à moi. Je sais, par cette histoire mythique et fondatrice de notre famille, que je ne risquais rien dans le monde : si j'avais été agressé, j'aurais bénéficié de son soutien et de sa force. Enfant, je n'ai jamais eu peur de voyager avec elle. Cela n'avait rien à voir avec vos voyages actuels, c'était pour moi si distant et si dépaysant à la fois ! Nous allions à Imperia, bien sûr, mais aussi à Rome écouter le pape Pie XII du haut de son balcon devant la foule massée sur la place Saint-Pierre criant « *Viva il papa !* », ce qui me donnait le frisson. À Naples, voir la sainte ampoule de San Gennaro. À Paris, pour rendre visite à son fils chéri dans sa maison du 13e arrondissement. En Normandie, une région tellement différente :

de l'herbe, des vaches, du gris dans le ciel et la massive cathédrale de Lisieux – rien de commun avec les rochers blancs parsemés d'agaves, les troupeaux de chèvres avec leurs bergers, le ciel toujours bleu et les petites églises baroques de Ligurie.

Je me suis nourri de sa force, j'ai tellement espéré *être* un jour ma grand-mère ! Ce qu'Eugénie m'a transmis sans jamais me le dire, c'est que l'on peut se tirer de toutes les situations difficiles. La force, c'est de savoir avancer dans la vie malgré les obstacles et un environnement hostile. Si tu savais combien de fois j'ai eu à lutter dans ma profession contre l'absurdité de certaines positions de l'administration ! Tu dois aussi te rappeler, même si tu es née dans un milieu favorisé, le passé de ta famille et ne jamais le renier. Pour savoir où l'on va, il faut savoir d'où l'on vient. Avoir toujours en tête le respect absolu des milieux modestes. Certains parmi eux sont pudiques, comme mon père, ou puissants, comme ma grand-mère, et parfois les nantis les envient.

Si, au cours de ta vie, quelqu'un te propose un chemin de traverse, il aura affaire à moi sans même que tu ne me donnes ton aval. Personne ne peut s'arroger le droit d'hypothéquer ton avenir. C'est le rôle du grand-père d'intervenir en éclaireur quand les parents sont dans une position d'attente et à une place intermédiaire. Souvent, les jeunes filles font à leurs grands-parents des confidences qu'elles n'osent pas faire à leurs parents, de crainte de les décevoir et de ne pas être conformes à ce qu'ils attendent d'elles (rappelle-toi l'anecdote du collier d'ail que je t'ai racontée). Une image abîmée d'elles-mêmes leur donne l'impression de ne pas remplir le mandat imposé par eux. Par exemple, une jeune fille fragilisée peut amorcer une relation amoureuse avec un garçon qui tient des propos méprisants à son égard. Comment l'avouer à son père ou à sa mère ? Elle risque de trahir l'image de l'enfant idéale qu'elle représentait pour eux. En revanche, elle peut en parler à son grand-père, il saura toujours prendre le recul nécessaire et ne la jugera pas. Les grands-parents peuvent entendre le récit d'une amourette estivale, qu'il ne faut pas répéter aux parents au risque de voir les sorties nocturnes de l'été prochain plus sévèrement réglementées.

Sache que je suis prêt à écouter tes histoires peu glorieuses sans porter le moindre jugement.

Tu connais mon attachement pour la Corse et les amis que j'y ai. Ils portent tous le prénom de leur grand-père et, de génération en génération, il y a eu ainsi des lignées de Jean, de Dominique, de Toussaint... À présent, même dans cette région, la coutume se perd : s'appeler Kévin semble plus important qu'Antoine ! Et pourtant, il est capital d'inscrire sa filiation par le prénom. Par exemple, votre mère porte le nom de ses deux grands-mères en guise de deuxième et troisième prénoms. Se prénommer comme son grand-père ou sa grand-mère retentit en soi comme une appartenance. Les grands-parents sont un arbre de vie, ils représentent le passé dont on est issu.

Conseil d'ami aux Kévin, Dylan, Mégane, à tous les prénoms des feuilletons télévisés : n'oubliez pas de donner à vos enfants en guise de deuxième prénom le nom de vos parents.

Souvenirs perdus

Quelle place ont les grands-parents lorsque leur petit-enfant est gravement malade ? Ils sont, on le sait, très touchés et préféreraient si c'était possible endurer eux-mêmes la maladie, voire mourir à sa place. S'accordent-ils le droit d'aller le voir s'il est hospitalisé en soins intensifs ? Je ne le pense pas, et c'est un tort. Ne sont-ils pas les oubliés de la société, de l'alliance conclue par les soignants avec les enfants malades et leurs parents ? Pourquoi ne s'occupe-t-on pas d'eux lorsqu'ils leur rendent visite ?

En fait, ils ne se projettent pas dans l'avenir de leurs petits-enfants. Certains disent : « J'espère que je serai là quand il ira au collège, quand il passera le bac », mais peu d'entre eux s'imaginent encore vivants quand leur petit-fils ou petite-fille aura un métier ou un statut social. Cette époque leur paraît trop lointaine. Ils s'intéressent surtout aux premiers pas, aux premiers mots, éventuellement aux premiers émois, rarement à la suite.

Comment concevoir que sa grand-mère ait eu un amant, ou son grand-père une amie ? Et pourtant, les petits-enfants sont à la recherche des secrets amoureux des grands-parents, car cela contribue à leurs propres projections amoureuses. C'est parce que les grands-parents ont été amoureux qu'on peut le devenir à son tour.

Que racontent sans cesse les grands-parents ? Des histoires de leur enfance. Ils ne se mettent jamais en scène en tant qu'adultes responsables, voire comme parents. Ils replongent dans leur enfance pour la transmettre et la proposer à leurs petits-enfants, ce qu'en général on ne fait pas avec ses enfants.

La carrière de pédopsychiatre est très singulière. À ses débuts, on reçoit des parents plus âgés que soi, puis d'âge équivalent, ensuite légèrement plus jeunes, et finalement on se présente comme un grand-père empli de sagesse aux jeunes parents que l'on voit. L'avenir d'un pédopsychiatre, c'est d'être grand-père.

J'ai beaucoup évolué dans ma pratique grâce au pédopsychiatre Saïd Ibrahim. Il y a quelques années, je lui ai demandé d'organiser une consultation de patients comoriens. Quand je suis arrivé dans le service, la salle d'attente était peuplée d'une trentaine de personnes. Lorsque j'ai félicité Saïd pour ce succès, il m'a répondu : « C'est vrai, mais je ne vois pas beaucoup de familles. » Devant ma surprise, il m'a précisé : « Il n'y a que deux patients, mais ils sont venus avec leurs parents, leurs grands-parents, leurs oncles, leurs tantes et leurs amis. » C'est un beau message. Depuis, je reçois systématiquement les grands-parents qui accompagnent leurs petits-enfants mais n'osent pénétrer dans la salle de consultation. En les invitant à participer, je trouve en eux des alliés qui tempèrent l'attitude des parents, sont capables d'atténuer un discours d'adolescent fâcheux et apportent quantité d'éléments d'information. Ils constituent un véritable musée psychologique, car l'évocation de la vie d'un grand-parent peut souvent aider à comprendre le symptôme de l'adolescent.

Où s'arrête la notion de grand-parent ? Parfois, en consultation, j'entends parler d'un arrière-grand-père, mais il est rarissime que l'on remonte à cinq ou six générations en arrière. Nous nous construisons sur une perte de souvenirs. Cette faille et cette méconnaissance sont un trou dans l'organisation psychique des enfants.

LETTRE
À MON PETIT-FILS IMAGINAIRE

Quand tu as été hospitalisé, je suis venu te voir. C'est grâce à mes fonctions hospitalo-universitaires que j'ai pu pénétrer dans le service. Un souvenir demeure : des grands-parents attendaient à la porte d'entrée du service. Ils avaient l'air très anxieux. Je leur ai demandé si je pouvais les aider et ils m'ont dit : « Notre petit-fils est en réanimation et on ne sait pas si on a le droit d'entrer. » Évidemment, je les ai rassurés et conduits près de lui. Ils avaient les larmes aux yeux en me remerciant.

Un exemple personnel : Clemente (prononcer « Clémenté »), mon grand-père paternel, qui vivait dans les Abruzzes, est mort d'un œdème pulmonaire aigu dû à une hypertension. Mon père, Michel, avait alors treize ans. Il a été pour moi un père parfait et un excellent grand-père pour ta mère. Souvent, il a évoqué pour moi la mémoire de son grand-père à lui, un dénommé Biaggi Rufo, perdu dans l'histoire de la famille. Je te résume : tu as un grand-père (moi), un arrière-grand-père (Michel), un arrière-arrière-grand-père (Clemente) et un arrière-arrière-arrière-grand-père (Biaggi).

Michel me racontait que Biaggi ne payait pas d'impôts car il était le seul au village à savoir lire. J'ai longtemps cru que mon père brossait, à travers cette anecdote, un roman familial sur les pauvres migrants que nous étions. Mais il y a quelques années, alors que je faisais une conférence à Isernia, à trente kilomètres du village natal de Clemente, des villageois sont venus m'écouter. Lorsque j'ai évoqué mon grand-père enterré là, ils m'ont raconté qu'il était inhumé avec son propre père, Biaggi, mon arrière-grand-père, et m'ont confirmé les propos de Michel concernant ce dernier.

Des résistances particulières empêchent de s'intéresser aux aïeux car on n'a pas assez d'éléments, mais on peut imaginer ceux qu'on ne connaît pas. L'imaginaire vient suppléer à la méconnaissance. Beaucoup de grands-parents imaginaires existent dans la vie de leurs petits-enfants.

Ainsi, quand je voulais à tout prix séduire les filles, je passais, à Bandol, devant une maison rose des années 1930, et je glissais dans la conversation : « C'est la maison de ma grand-mère. Elle n'est pas là actuellement. » Je n'ai jamais eu de grand-mère à Bandol. Mais ça marchait, ou du moins je le croyais.

Grands-parents adoptants

Dans le cas d'une adoption, le rôle des grands-parents est fondamental, car la carence des origines et du passé est souvent douloureusement vécue par ces enfants et par leurs parents adoptants. Mais comment devenir des grands-parents adoptants dynamiques et intégrer le mieux possible l'arrivée de cet enfant ? Une adoption est véritablement réussie lorsque les enfants adoptés rendent leurs parents grands-parents.

Le plus souvent, au début, les parents adoptants se renferment sur eux-mêmes et sur leur bonheur d'avoir enfin un enfant ; ils s'isolent avec lui. (Parfois, certains couples ayant un enfant biologique présentent le même comportement.) On peut avancer l'hypothèse que c'est du fait de mauvaises relations antérieures qu'ils s'écartent ainsi de leurs propres parents.

J'ai toujours été favorable à l'adoption homoparentale. Si le couple homosexuel est constitué, je propose qu'il passe par trois étapes pour avoir le droit d'adopter. Tout d'abord, qu'il soit pacsé (ou marié) depuis plusieurs années (cinq ans, par exemple) et constitué comme un couple hétérosexuel. Puis qu'il suive les mêmes procédures d'adoption que les couples hétérosexuels (il n'existe pas de différence pour moi dans l'évaluation). La troisième condition serait plus originale, dans le sens où il s'agirait d'une « adoption de famille » plutôt que d'une adoption par un couple. Il devrait y avoir des tantes et des grands-mères, des oncles et des grands-pères, offrant à l'enfant élevé par deux garçons une part féminine, ou par deux filles une part masculine. Cette adoption de famille modifierait l'adoption plénière : ce ne serait pas seulement un couple qui adopte mais la famille entière.

Il faut faire attention au développement cognitif des enfants adoptés. 30 % d'entre eux ont un trouble de la cognition[1] alors qu'ils sont très souvent adoptés par des membres de couches socio-économiques supérieures. Chez les enfants biologiques issus de ces milieux-là, seuls 4 à 5 % présentent ce type de difficultés. Pourquoi un tiers des enfants adoptés ont-ils du mal à apprendre ? Peut-être veulent-ils fantasmatiquement ressembler à leurs parents biologiques, qui n'ont pas fait d'études et étaient d'origine défavorisée ?

1. Troubles mentaux affectant la mémoire, la compréhension, le jugement et le raisonnement.

Lettre
À un petit-fils qui va arriver

Je dis «qui va arriver», car tu n'es pas né de ta maman et de ton papa. Tes parents ne peuvent pas avoir d'enfants biologiques.

Ils ont eu une démarche intelligente : ils sont venus me voir et m'ont annoncé qu'ils allaient adopter un enfant, comme lorsqu'un homme annonce à ses parents que sa femme est enceinte. Est-ce que tous les couples qui adoptent en ont fait part ainsi à leurs parents ?

Pour tout enfant, les grands-parents représentent le passé familial, la mémoire de leurs propres parents, qui l'englobent dans une histoire de famille, d'origines et de lieux. On est de son enfance comme on est de son pays, de son village et de sa famille. Mais toi, tu es carencé : soit ta mère t'a abandonné (on ne parle en général jamais du père), soit tes parents sont morts (on va même souvent te le dire alors que c'est faux). Tu manques de toute structure qui t'insère dans le passé, et il faut te fournir un avenir, puisque tu es de notre famille.

Fais attention à bien adopter tes parents, ainsi que la culture de la société où tu vis. Si tu n'adoptes pas le milieu favorisé qui est maintenant le tien, tu seras à découvert par rapport à ta propre évolution.

Par ailleurs, il existe un autre problème, qui peut provenir des parents. Ils disent souvent : «Oh, il ne travaille pas bien, mais, le pauvre, il a été adopté, il a tant souffert ! » Toi, tu n'as pas souffert du tout, tu avais vingt jours lors de ton adoption. À vingt jours, impossible de souffrir, sauf à pâtir des représentations et des discours tenus par la suite sur une éventuelle souffrance. Nous essaierons d'éviter cette attitude et je surveillerai de près tes parents. S'ils ne se montrent pas assez autoritaires à ton égard, s'ils ne te sanctionnent pas lorsque tu n'écoutes pas l'institutrice, je serai là pour te rappeler que l'enseignante a raison car tu n'as pas à utiliser ta situation pour te dispenser de suivre les consignes qu'elle te donne. Ce sera valable pour les petits camarades qui viendront à la maison ; je les gronderai s'ils n'écoutent pas attentivement les enseignants. Tu feras partie des 70 % d'enfants adoptés sans trouble cognitif. Avec tous ces conseils et ces explications, si tu ne deviens pas pédopsychiatre ou éducateur spécialisé, c'est que ton grand-père n'a rien compris ! J'ai hâte de te voir, peut-être que ton exotisme me ravira, et non seulement tu seras mon petit-fils « pour de rire », mais aussi « pour de bon » !

La question que je me pose est : comment tes parents vont-ils devenir tes parents ? Un enfant adopté est-il vraiment l'enfant des parents qui l'adoptent ? Il subsiste toujours un doute. D'ailleurs, tu diras à ta mère à un moment donné : « Je n'étais pas dans ton ventre. » Seule la mère est sûre, tu le comprendras plus tard ; le père est toujours incertain. Je te donne maintenant la clef de cette situation, qui est rassurante : tes parents deviendront véritablement tes parents quand tu auras des enfants qui feront d'eux des grands-parents et que le biologique réapparaîtra. Alors, on se moque éperdument des origines différentes – connaît-on les enfants naturels qui ont fondé nos familles jadis ?

Tu rendras tes parents grands-parents en même temps que tu les rendras parents. Tu as un joli rôle à jouer.

Lorsque l'enfant adopté est une fille

Il est sans doute plus facile d'être le grand-père d'une petite fille ou la grand-mère d'un petit garçon. Un grand-père risque de se projeter dans son petit-fils, alors qu'il sera emporté par la magie de la rencontre avec sa petite-fille. Réciproquement, une grand-mère retrouvera avec son petit-fils des sentiments disparus, alors qu'elle fonctionnera par identification avec sa petite-fille.

La situation des enfants nés sous X pose un problème et nécessite une modification de la loi en vigueur.

À mes yeux, on peut avorter dans le délai légal, bénéficier d'une interruption médicale de grossesse une fois ce délai dépassé (le viol est, pour moi, une condition suffisante pour une IMG), on peut même abandonner un enfant, mais je ne suis absolument pas d'accord pour qu'on le prive de son histoire. Même si on l'abandonne, on doit lui dire qui l'on est, d'où il vient, lui donner suffisamment d'éléments identifiants afin qu'il puisse connaître son passé et, plus tard, demander «pourquoi». Actuellement, un accouchement sous X permet à une femme non seulement d'abandonner son enfant, mais de l'empêcher de savoir d'où il vient.

Je me souviens d'un cas récent où des grands-parents avaient voulu adopter l'enfant né sous X de leur fille. Ils avaient obtenu gain de cause juridiquement. J'avais approuvé cette démarche, tout en la critiquant. Lorsqu'un enfant est abandonné, nous avons envie de penser que la meilleure solution est de le placer dans sa famille biologique, conservant ainsi ses origines. Si les parents décèdent dans un accident de voiture, par exemple, ce sont les oncles et tantes qui recueillent l'orphelin. Dans le cas que je cite, les grands-parents connaissaient l'origine de l'enfant, mais ils ont exigé un test ADN prouvant qu'ils étaient bien ses grands-parents. En même temps, sur le plan juridique, c'est un acte redoutable, car cela ne tient pas compte de la volonté de la mère de couper avec son histoire.

Qu'en était-il de la relation de cette mère avec ses parents ? Quel est le terrible secret de la rupture parents-enfant ? Pourquoi cette femme avait-elle accouché sous X ? Et l'enfant, n'arrivait-il pas dans un conflit où il perdait une deuxième fois sa mère, puisqu'il vivait chez ses parents qu'elle ne voulait plus voir ? Dans ce cas précis, j'étais favorable à la position audacieuse du juge protégeant l'enfant et, en même temps, je me demandais si l'on avait suffisamment tenu compte de la mère. Bien qu'étant contre la grossesse sous secret, j'ai toujours du respect pour ces femmes qui, en raison de malheurs singuliers, sont obligées d'accomplir ce double abandon, en privant les enfants de leur histoire.

LETTRE
À MA PETITE-FILLE ADOPTÉE

Tes parents t'ont adoptée, toi, une fille, et pas un garçon. Finalement, je me demande si je ne préfère pas cela. Si j'avais été le grand-père d'un garçon, j'aurais peu ou prou compris son fonctionnement, je me serais placé davantage sur le plan de la transmission, l'accompagnant aux matchs de rugby, par exemple. Ce n'est pas le cas a priori avec toi, mais cela nous donne une chance supplémentaire de bien pouvoir communiquer. Objectivement, une petite-fille, pour un grand-père, c'est magique. Peut-être que tes parents auront finalement un enfant biologique et, pourquoi pas, un petit garçon ? Il est assez passionnant de noter que, parfois, au moment où un couple accueille un enfant adopté, la femme se retrouve enceinte, alors qu'un blocage psychologique lui interdisait auparavant toute grossesse.

Revenons à toi. J'ai demandé des détails à tes parents, qui m'ont révélé que tu es née sous X. C'est déjà très difficile d'avoir été abandonné, il ne faut pas en plus décapiter son histoire, ce qui constituerait une double perte. Ce sera pour moi un long débat avec toi, et aussi un combat institutionnel pour pousser le législateur à supprimer cette loi.

Nous en discuterons quand tu seras plus grande, mais je pense que d'ici là la loi aura tourné à ton avantage, car tu adhéreras à l'association des enfants nés sous secret.

Tu militeras et je viendrai manifester avec toi.

Mon grand-père est un héros

Souvent, les petits-enfants ignorent le métier que leurs grands-parents ont exercé. C'est un tort, il vaut mieux qu'ils le sachent car cela peut les aider dans leurs propres choix professionnels. À une époque, la coutume était de leur transmettre un casque colonial, des photos du bled en Algérie ou des piastres d'Indochine, mais aussi une truelle, un rabot usé, un vieux charreton. Un métier modeste peut leur paraître extraordinaire. Ils peuvent même trouver héroïques certaines périodes de la vie de leurs grands-parents.

En consultation, un enfant me dit un jour : « J'ai perdu ma grand-mère. » Or il était justement accompagné par sa grand-mère, restée dans la salle d'attente. Pensant qu'il exprimait de l'agressivité envers elle, je lui ai fait remarquer qu'elle se tenait dans la pièce voisine. Il me répondit : « Mais non, pas celle-là, la vraie. Celle qui est vieille ! » pour désigner son arrière-grand-mère de cent deux ans.

Sa grand-mère présente était très jeune : elle n'avait que quatre-vingts ans.

LETTRE
À MON PETIT-FILS IMAGINAIRE

Je t'ai parlé de François et Mathilde, les parents de mon ami Michel, qui habitent au-dessus de Bastia, et de leurs petits-enfants, Romain et Clément (l'un est architecte et l'autre travaille dans la communication, à Paris). Ils viennent souvent déguster les lasagnes de leur grand-mère. Lors d'un repas auquel je participais, Clément m'a emmené à l'entrée de la propriété, dans un *cafouche*[1], et m'a montré son trésor. Il s'agissait en fait de clous avec lesquels son grand-père assemblait des planches pour lui faire des constructions.

François a travaillé toute sa vie aux chemins de fer corses. Tu peux imaginer la beauté des lieux qu'il avait traversés, dans cette île que les Grecs appelaient *Kallistè* (la plus belle). C'est un grand joueur de mandoline, comme son autre fils, le frère de Michel. Après avoir savouré un plat de lasagnes, tous chantent et jouent de la mandoline en famille, en compagnie des « pièces rapportées », les belles-filles qui participent, bien sûr, à cette fiesta. Ce rituel est immuable. Quelle chance ont mes amis corses de maintenir cette tradition à travers les générations !

1. Terme provençal désignant un hangar.

Tu comprendras, mon petit-fils, que je t'attends pour le saint-pierre aux câpres à la toulonnaise que je sais si bien cuisiner. Je joue peu et même très mal de la mandoline, tu m'en excuseras. Quant à chanter, il vaut mieux que j'évite. J'aurais pourtant aimé être un artiste.

Ça saute une génération

Il peut arriver qu'un enfant choisisse d'exercer le métier d'un grand-parent plutôt que celui de ses parents. Comme si l'image idéale à laquelle il s'identifiait n'était pas le père ou la mère, mais le grand-père ou la grand-mère. On parle alors de trop grande adhésion identificatoire aux grands-parents. Il peut en résulter, bien sûr, une jalousie des parents.

LETTRE
À MA PETITE-FILLE IMAGINAIRE

Tu m'as dit quelque chose qui m'a bouleversé. Longtemps, je suis resté immobile, avec ma tasse de café qui penchait un peu. Du liquide a coulé sur mon pantalon, ce qui m'a tiré de ma rêverie. Tu m'as dit que tu voulais être pédopsychiatre.

Je suis très fier que tu veuilles faire le même métier que moi. Je suis un pédopsychiatre un peu à part, parfois provocateur, mais j'ai toujours placé la clinique sur le devant de la scène, avant la théorie. C'est sans doute pourquoi je ne fais guère partie des chapelles.

C'est grâce à la clinique et aux patients que je suis devenu pédopsychiatre, plutôt que grâce aux diplômes. On apprend son métier à l'aide des gens qui nous le font pratiquer, plus que par l'enseignement. Voilà un paradoxe supplémentaire : moi qui ai enseigné la pédopsychiatrie, je minimise ce qui a constitué ma fonction...

Il faut maintenant que je te précise la beauté et les difficultés de cette profession. Ce n'est pas un métier scientifique, car la science est précise : en médecine, par exemple, on sait que telle maladie est due à tel germe ; une fois le germe éradiqué, la maladie disparaît. En revanche, les rencontres avec les parents, les enfants ou les adolescents sont absolument uniques et obligent à proposer une aide « à la carte », sur mesure en quelque sorte. C'est un travail d'artisan. En outre, c'est une trajectoire très particulière, et l'on doit parfois affronter le contre-transfert, l'agressivité de parents, la difficulté d'adolescents à parler. Il faut aider quelqu'un à se construire tout en lui laissant la responsabilité de sa propre construction. On ne naît pas pédopsychiatre, on le devient et on ne cesse jamais de faire évoluer sa pratique. Mon maître, Michel Soulé, à près de quatre-vingt-dix ans, me disait encore: « Au stade où j'en suis de mes réflexions... »

J'espère ne pas t'inquiéter par ces propos, mais je me réjouis de ton choix. La chance que tu me fournis, c'est d'évoquer Michel Soulé, de devenir un peu lui. Je deviens ce que j'ai rêvé d'être, me voilà grandi.

Un petit-enfant préféré

Souvent, les grands-parents ont plus de facilité avec l'un de leurs petits-enfants, qui devient leur chouchou.

Un conseil : soyez plus attentifs à ceux de vos petits-enfants qui vous plaisent le moins, ne les laissez pas de côté comme vous avez pu le faire avec certains de vos enfants.

LETTRE
À UN PETIT-FILS IMAGINAIRE

Il est vrai que tu me plais. Tu possèdes toutes les qualités que j'aurais aimé avoir, enfant, et que je n'avais sans doute pas. Tu séduis tout le monde. Ta pauvre sœur est moins gâtée par la nature et répercute toutes les craintes de désillusion qu'elle ressent lorsqu'on s'approche d'elle. Il va falloir que je fasse très attention. Ne m'en veux pas si, de temps en temps, je suis plus attentif à elle, si je me promène avec elle alors que tu es à l'affût. Tu sais que tu peux tout me demander, mais je ne voudrais pas que l'affection que je te porte pousse ta sœur dans un désarroi accru.

Dans la vie, il existe toujours des personnes que l'on préfère. Il est facile d'aller vers la préférence, la courtoisie et l'amitié. C'est moins aisé quand les relations sont plus troubles, quand ce que l'on reçoit de l'autre nous apporte moins, quand ce qu'il dit ne correspond pas à notre sensibilité. Et pourtant, c'est précisément aux gens de prime abord « sans intérêt » qu'il faut prêter attention. Je vais donc être davantage à l'écoute de ta sœur, comme j'ai essayé de l'être avec ta tante. Mais elle était si singulière, si expansive, si contradictoire qu'il m'est arrivé de souhaiter qu'elle s'écarte de la famille. Je parle de ma fille, la sœur de ton père. On éprouve parfois de la difficulté avec ses propres enfants, difficulté qui peut se retrouver plus tard avec des petits-enfants ; mais on doit faire des efforts car on arrive toujours à trouver un terrain d'entente. Il suffit de chercher.

Je vais donc chercher de plus en plus ce qui me relie à ta sœur, et désolé si je suis apparemment un peu moins attentif à ton égard.

Être meilleur grand-père que père

Nos enfants nous font quelquefois remarquer que l'on joue mieux avec nos petits-enfants qu'on ne l'a fait avec eux-mêmes. Ils ont l'impression que nous sommes plus attentifs, que nous nous investissons davantage. Tous les manques et les ratés de leur propre enfance resurgissent. Il faut prendre garde, en tant que grand-parent, à ne pas rejouer ce que nous avons manqué avec nos enfants, c'est-à-dire à ne pas être « trop bien » là où on a été parfois mauvais.

Il est vrai qu'on peut se sentir plus à l'aise avec ses petits-enfants qu'on ne l'a été avec ses enfants. En cela, être grand-parent offre une seconde chance de parentalité.

LETTRE À MON PETIT-FILS IMAGINAIRE

Ton père m'a stupéfié lorsqu'il m'a dit : « Tu es avec lui mieux que tu ne l'étais avec moi. » Il n'a pas pu maîtriser un sentiment de jalousie. Ce n'est pas tout à fait juste, car je n'ai pas souvenir de tels manques dans mon rôle paternel. En fait, il n'a pas supporté que nous partions à la pêche ensemble ni, surtout, que tu rapportes du poisson, lui qui n'a jamais rien attrapé. Ce n'est pas parce que j'adore la pêche que mon fils aurait dû l'aimer aussi, ni qu'il devait forcément être un bon pêcheur. Tout n'est pas transmissible, notamment la chance. Toi, tu sembles profiter des deux. C'est incroyable qu'il soit jaloux d'un petit garçon, son fils, qui a attrapé un « denti », ce poisson mordoré de Méditerranée que l'on pêche en introduisant l'hameçon dans la gueule et en le faisant ressortir au milieu du ventre. Je t'ai appris comment faire, mais je le lui avais appris aussi. Il n'a pas dû retenir mes conseils.

Et pourtant, la remarque de ton père est fondée. Je n'ai sans doute pas été assez attentif à son caractère. Il était introverti, alors que tu te rapproches de mon extraversion. Il a probablement perçu que je me reconnaissais davantage en toi, et il doit en souffrir, par rivalité fraternelle pour ainsi dire. Par mon attitude, je lui ai permis de redevenir le petit garçon anxieux qu'il était, par comparaison avec l'enfant dynamique que tu es. Je ne suis pas en cause : ton père me transforme en père vis-à-vis de toi sans comprendre que je suis ton grand-père.

Il existe une autre explication à son attitude : à l'époque, j'étais moins stable que je ne le suis maintenant, du fait de ma carrière. On est plus sûr de soi lorsqu'on a réussi sa vie que lorsqu'on la construit. Il pâtissait de mes craintes et de mes doutes. Comment transmettre de la force alors qu'on est soi-même en difficulté ? Comment supporter un doute émis par un enfant lorsqu'on est incertain de ses bases ? Je dois te confier qu'il m'a téléphoné quelque temps après, pour me dire quelque chose qui m'a beaucoup ému : « Je voulais te remercier, papa, de mon enfance » – alors qu'il venait de s'en plaindre !

C'est un raptus anxieux[1] qu'il a vécu en revisitant sa propre enfance, et une véritable jalousie à propos du poisson que tu as attrapé !

---

1. Attaque de panique.

Confidences d'un grand-père

Quand on est grand-parent, il convient de réfléchir aux éléments de son enfance qui ont été répétés, reproduits, au niveau de ses enfants. Et cela, afin de ne pas rejouer les situations pénibles, les petits-enfants devenant alors l'occasion d'une revanche.

Pour les aider, on peut leur raconter des histoires relatives à sa propre enfance. Non pas les plus glorieuses ni les plus généreuses ou héroïques, mais celles dont on a peut-être même un peu honte. Elles vont leur permettre de se construire. Ainsi, le récit d'une transgression ou d'une désobéissance peut entrouvrir une porte sur la future vie des petits-enfants.

LETTRE
À MON PETIT-FILS IMAGINAIRE

Tu dois passer tes prochaines vacances sans tes parents. Il vaudrait mieux, alors, que ce soit chez nous. En effet, chez les cousins, quelles que soient leurs qualités, la distance biologique risquerait de créer chez toi un sentiment d'abandon. Je m'en explique. Dans les contes de fées, on évoque toujours un enfant placé chez des gens extrêmement méchants et antipathiques. Il rêve de sa famille disparue qui, pourtant, l'a abandonné. C'est pourquoi il faut que tu t'habitues à moi, à ma voix, à ma façon de te prendre dans les bras, et à tout ce que je vais t'apprendre et que l'on n'apprend pas à l'école: la pêche au «gobie» avec des esches à veine[1], la cuisson des pâtes *al dente*, et les pignons de pin que j'ai extraits du bocal... Si tu veux apprendre à ramer, je t'aiderai. Je sais aussi hisser les voiles. Si notre pêche n'est pas assez fructueuse, je t'emmènerai sur les bateaux de pêcheurs qui démaillent tous les beaux poissons de Méditerranée, dont tu apprendras le nom. Tu seras obligé de revenir, pour que nous recommencions. Je t'attends déjà.

Je vais maintenant te parler des moments difficiles que j'ai traversés, mais je ne veux pas que tu les trouves tristes. On ne se construit pas que sur des instants faciles, ce sont en général les difficultés qui nous renforcent. J'ai eu besoin de Lisa, d'Angelo et de leurs proches pour combler les failles de

1. Appâts naturels utilisés pour la pêche au loup.

ma propre famille, qui, malgré tout, ne m'ont pas englouti. Les parents portent en eux les traces plus ou moins fragiles de leur propre enfance. Ainsi, ma mère, pendant un temps, a été confiée avec son frère jumeau à des amis, et sans doute a-t-elle reproduit inconsciemment à mon égard les situations qu'elle avait vécues.

Tu m'as demandé d'évoquer pour toi mon métier. Tu sais que j'ai également écrit des livres. Ce que tu ignores, c'est que grâce à toi je me découvre, je comprends mieux ces fondements théoriques. Tu me confiais vouloir être archéologue. C'est bien, souvent les bons élèves envisagent ce métier. Si j'avais déménagé moins souvent, si j'avais comme Angelo stocké dans mon garage tous les objets de mon passé, je t'aurais montré et sans doute donné quelques morceaux de mosaïque provenant de Pompéi. (Cela s'impose, pour un futur archéologue.) Ma grand-mère, à une époque de sa vie, était devenue mystique et m'avait emmené à Naples pour observer le sang de San Gennaro, qui, de façon « miraculeuse », redevient parfois liquide. Nous avons également visité les fouilles de Pompéi. À ma grande surprise, sur le fronton d'une maison de ce site, j'ai lu « RVFO » (le *v* tenait lieu de *u* en latin). J'appris que *rufo, rufas, rufare rufavi, rufatum*, signifie « rendre roux » ; c'était la maison du teinturier. Les Romains pêchaient du murex pour en extraire la pourpre et teindre les toges des patriciens. Je me sentais fier de cette improbable origine et j'ai fugué au milieu des ruines durant plusieurs heures (j'avais huit ans). Je faisais semblant de ne pas comprendre les guides qui m'appelaient, et pourtant je parlais parfaitement l'italien. Cachées derrière un muret qui était tout ce qui restait d'une petite pièce d'eau, il y avait quelques pièces de mosaïque bleues en grand désordre, dont la régularité des contours me paraissait un trésor. J'en ai bourré mes poches et je les ai gardées secrètes. Tu es la première personne à qui j'en parle. Je ne crois pas possible de retrouver ces quelques pierres, longtemps cachées au fond d'un placard. Où sont-elles aujourd'hui ? Les retrouver serait en soi un travail d'archéologue… Mais plus je les évoque, plus elles représenteront quelque chose pour toi.

La trace d'un souvenir vaut celle d'une mosaïque.

Je te fais une proposition : pour tes huit ans, on fugue ensemble, on s'envole pour Rome, on loue une décapotable et on va à Pompéi. Je te guiderai, j'aurai un livre adapté à ton âge. Je garde un autre cadeau pour toi, quand tu passeras ton doctorat d'archéologie : un petit vase étrusque noir.

Vivement que tu aies huit ans !

Souvenirs d'enfance chez les grands-parents

Avoir un petit-enfant, c'est revisiter sa propre enfance. On s'émeut de découvertes faites il y a bien longtemps, que l'on pensait complètement révolues mais que l'on redécouvre grâce à lui. Être grand-parent, c'est peut-être avoir une deuxième chance d'être un enfant.

LETTRE
À MON PETIT-ENFANT IMAGINAIRE

Je préfère être avec toi plutôt que dans le club-house du Rugby Club Toulonnais. J'aime ta présence car je retrouve, à travers tes découvertes, mes premiers émois dont je croyais les traces disparues. Georges Duby disait : « La trace d'un rêve vaut la trace d'un pas. » Rêver avec toi me permet de remettre mes pas dans les chemins antérieurement parcourus.

Il y a longtemps, j'ai rendu visite à des centenaires à Menton. Il s'agissait de femmes ayant vécu en Indochine. Je me sentais mal à l'aise pour discuter avec elles, sauf quand je leur ai demandé de dessiner. Elles ont alors fait des dessins de petites filles : la maison avec deux gros yeux pour les fenêtres, le nez et la bouche en guise de porte d'entrée, le bonhomme, le petit sentier, le cyprès phallique et les coquelicots le long de l'allée. Ces centenaires se comportaient comme les petites filles de quatre ou cinq ans que j'avais l'habitude de voir en consultation.

J'ai affiché sur le frigo ton beau dessin de maison avec l'allée de fleurs.

Les plaisirs disparus

Être grand-parent, c'est aussi comprendre et accepter de ne plus pouvoir tout faire. Les activités sportives sont limitées, certains plaisirs sont désormais interdits, les capacités d'anticipation s'étiolent, et pourtant nos petits-enfants sont une chance de relance : nous jouissons par procuration du plaisir qu'ils éprouvent à être en pleine activité.

Or le renoncement participe du plaisir de l'évocation. Il faut souffrir de la perte pour pouvoir parler d'un plaisir disparu.

LETTRE
À MON PETIT-FILS IMAGINAIRE

Je me suis rendu compte que tu observais beaucoup mes divers handicaps, car un grand-père est une somme d'incapacités. Tu démarres en courant pour montrer que tu es plus alerte que moi et tu sautilles sur les marches de l'escalier. Tu es très attentif à mon discours, aux histoires que je te raconte et que tu connais déjà. Tu « valorises » mes contes. Tu es mon spectateur préféré, le supporteur numéro un de mon passé.

Je viens d'être opéré de la hanche, on m'a mis une prothèse, et je pense que j'aurais du mal à skier. Tu connais ma passion pour ce sport que j'ai commencé à pratiquer à l'âge adulte. J'admirais à mes débuts les personnes plus âgées que moi qui faisaient du chasse-neige sur une piste verte. Peu à peu, grâce aux avancées techniques du matériel, j'ai progressé mais, depuis cette intervention, c'est terminé pour moi. Les grands-parents doivent pouvoir dire : « C'est fini, je ne le ferai plus... » D'ailleurs, j'ai décoré ma maison avec de vieux skis pour évoquer le skieur que j'étais.

Je ne pourrai plus skier avec toi, mais tu me relateras tes descentes, tu mentiras en me racontant ta fuite devant une avalanche, tu évoqueras cette piste noire, toujours glacée, où tu risques chaque fois une chute sérieuse. En t'écoutant, je revivrai ces moments intenses, ces pistes que nous avons dévalées ensemble. Tu seras un petit-fils racontant des histoires à son grand-père.

Les petits mensonges, les secrets

La transgression de l'interdit fait partie du développement. Il faut que les enfants sachent désobéir et mentir, car c'est un excellent signe de développement. Cela leur permet d'affirmer leur personnalité, de reconnaître leurs désirs profonds au lieu d'être simplement le gentil petit garçon poli ou la gentille petite fille obéissante.

Si votre petit-fils ou votre petite-fille vous confie un acte transgressif qu'il a commis par rapport à l'autorité de ses parents, ce ne doit pas être quelque chose de dangereux, auquel cas vous êtes délié du secret. En revanche, si c'est sans gravité, notez-le dans un cahier où vous consignerez toutes ces confidences de mensonges, de désobéissances, un cahier secret que vous remplirez ensemble avec volupté. Ces notes vous serviront de base de discussion afin d'éviter les bêtises plus périlleuses.

J'espère déculpabiliser l'immense population des grands-parents qui se demandent si, en gardant le silence, ils ne trahissent pas la promesse faite aux parents de leurs petits-enfants. Cela n'a pas d'incidence qu'un enfant aime jouer à un jeu vidéo. La grand-mère devra juste surveiller qu'il n'y joue pas sans cesse et surtout lui proposer de faire autre chose avec elle, afin qu'il ne s'enferme pas dans sa chambre, rompant la relation.

LETTRE
À MA PETITE-FILLE IMAGINAIRE

Tu m'as confié que tu jouais à un jeu interdit par ton père. Que dois-je faire ? T'autoriser à y jouer quitte à trahir mon propre fils ?

Je voudrais y jouer avec toi, mais tu connais mon « infirmité » en informatique, toi qui es si performante avec ces nouveaux outils de communication alors que j'en suis encore à rédiger mon courrier à la main. Je jouerai à ce jeu interdit, mais à une condition : s'il se révèle dangereux pour toi, je serai entièrement d'accord avec l'interdiction de ton père. Tu vois, c'est un pari. En revanche, si ce jeu me plaît et me paraît important pour le développement de ta curiosité, cela restera un secret entre nous (nous en avons déjà tant !).

La frustration nécessaire

Les grands-parents ont aussi pour mission de transmettre la politesse, une notion qui semble tombée en désuétude de nos jours. Tenir bon sur l'éducation, la bienséance, les principes de vie en famille fait partie de leur rôle. De façon courageuse, ils doivent proposer des frustrations qui organisent et équilibrent l'existence de leurs petits-enfants. Ils les aideront ainsi à se rassurer, car l'interdit est tout aussi important que l'acceptation.

Les parents d'aujourd'hui cherchent à *comprendre* plutôt qu'à *éduquer*. Il est vrai que l'on éduquait trop autrefois, tandis que maintenant on comprend trop. La bonne attitude, plus nuancée, se situe à mi-chemin entre la compréhension et l'affirmation de sa position. Il faudrait retrouver une radicalité qui rassure, une attitude permettant aux enfants de se construire.

Entre l'âge de deux et trois ans, l'enfant croit qu'il est le plus fort, qu'il domine tout. Puis peu à peu, après son entrée en maternelle, il s'aperçoit qu'il côtoie vingt-cinq enfants tout aussi intéressants que lui. C'est l'apprentissage de la vie en société qui lui permet de l'accepter.

Lettre
À ma petite-fille imaginaire

Lorsque tu nous as quittés, la semaine dernière, ta grand-mère a pleuré. Tu as été odieuse, tu n'as pas voulu l'embrasser, lui parler, alors qu'elle t'avait offert un joli cadeau, cette robe que tu as mise en partant et qui te va si bien. Ton grand frère a sauvé la situation en disant qu'elle était ravissante et en embrassant ta grand-mère, alors que tu bougonnais et te précipitais sur moi comme si tu me préférais. Ce n'est pas bien, et la prochaine fois je ferai attention à ne pas céder à ton charme. Je me suis laissé emporter par le plaisir de sentir ta joue contre la mienne, de caresser tes cheveux. Mais j'avais oublié ta grand-mère, que tu détestais ce jour-là. Tu donnais l'impression d'être en rivalité avec elle.

Eh bien non, la prochaine fois, tu nous diras bonjour et bonsoir à tous deux. Lorsque vous êtes chez nous, ton frère et toi, vous devez respecter nos règles, c'est pour votre bien. Il y a des frustrations nécessaires (je t'expliquerai cela), mais souvent les parents laissent tout faire à leurs enfants.

Il y a quelque temps de cela, j'étais dans un bistrot et je regardais une petite fille de deux ans qui déambulait seule. Son père lui disait de ne pas s'éloigner. Au bout d'un moment, il s'est levé, l'a prise dans ses bras et il est revenu s'asseoir, mais elle est repartie immédiatement. Sa mère aussi la laissait faire, sans lui interdire quoi que ce soit. La fillette attendait cette frustration, et comme ses « chamallows » de parents ne disaient rien, elle s'échappait de plus en plus souvent. Être grand-père, c'est parfois dire : « Non, il ne faut pas… Je ne peux pas… Tu fais ça… Tu ne fais pas ça… »

Il ne faut pas que tu me prennes pour un papi gâteau qui va tout accepter de toi du fait que je suis ton grand-père. Je suis vieux mais je ne suis pas faible. Comprends bien les choses : la prochaine fois, si tu n'embrasses pas ta grand-mère en arrivant, je ne m'occuperai pas de toi. Et maintenant, je t'embrasse.

Ton grand-père qui t'aime

LETTRE
À MES PETITS-ENFANTS IMAGINAIRES

Encore un dimanche en famille raté ! Cette fois, il faut que je m'adresse à vous deux. Ce grand-père pédopsychiatre que je suis a un seuil de tolérance très limité. Voilà le retour du « père la rigueur », roi de la frustration nécessaire, comme l'a dit Anna Freud, la fille de Sigmund. Vos parents passent leur temps à fournir des explications sur votre comportement, alors que vous voulez simplement les provoquer pour tester votre pouvoir. Ils ont des attitudes stupéfiantes : « Ma petite chérie, je vais te gronder », « Mon garçon adoré, cela suffit » ; vous, vous n'entendez que « Ma petite chérie », « Mon garçon adoré ». Bien évidemment, vous n'arrêtez pas vos bêtises, vous piétinez les plates-bandes de mon jardin et cassez plusieurs fleurs du citronnier, même si vous savez à quel point j'y tiens. Parfois vous n'avez pas besoin d'être compris, mais sanctionnés.

J'ai remarqué que, quand vous avez saccagé mon jardin, vous avez adopté une conduite singulière devant vos parents. Toi, ma petite-fille, juste après avoir abîmé le citronnier, tu t'es mise à minauder et à régresser en suçant ton pouce, te tortillant les cheveux tout en étant collée à ta mère. Tu te sentais coupable. Quant à toi, mon garçon, tu as entrepris de faire des trous dans le sol. Non seulement tu abîmes mon arbre, mais en plus tu creuses des trous ! À ma question sur les raisons de ce geste, tu as répondu que tu voulais planter de nouveaux citronniers pour qu'ils aient des fleurs. Donc toi aussi tu as manifesté de la culpabilité.

Voulez-vous qu'on revienne à une éducation aussi rigide qu'autrefois, avec le pater familias régnant sur la famille ? Je suis d'accord pour la modernité, mais on ne peut pas tout comprendre.

Quelle est mon autorité sur vous par rapport à celle de vos parents ? Que puis-je dire ou ne pas dire concernant votre éducation ? Pas grand-chose, certes, car votre mère me surveille. Elle a une formation scientifique et vous imaginez ce qu'invoquer la pédopsychiatrie peut déclencher chez elle ! Elle est toujours en train de se plaindre à votre père d'avoir été élevée par un pédopsychiatre. Toutefois, j'ai le droit d'avoir un avis éducatif vis-à-vis de vous et de donner ma position sans l'imposer. Je souhaite être consulté. Pensez-vous que les grands-parents ont toujours tort et les parents toujours raison ? Nous pouvons rappeler à vos parents les difficultés que nous avons vécues nous-mêmes en tant que parents. Il faut qu'ils comprennent que les défauts des grands-parents sont transmissibles, tout comme les qualités.

C'est dans ces « défauts de famille » que l'on devient une famille.

Comptez sur moi pour exacerber les miens.

Les gros mots

Que faire lorsqu'un petit-enfant dit des gros mots ou insulte ses grands-parents ? Quelle attitude adopter ? Comment ne pas être choqué ? Comment ne pas regretter un autre temps où la politesse régnait ?

J'ai reçu un jour en consultation une grand-mère qui m'a confié que son petit-fils l'insultait, la traitait de femme de mauvaise vie, ou pire. Au fil de la discussion, nous avons compris pourquoi il l'accablait de propos si dévastateurs. La mère du garçon était morte des suites d'une tumeur cérébrale, et la fin avait été douloureuse puisqu'elle perdait tout sens du contact. La grand-mère, qui aidait beaucoup sa belle-fille en phase terminale, s'était violemment emportée contre elle à une occasion et lui avait dit : « Tu es épouvantable ! » Que faisait ce petit garçon ? En insultant sa grand-mère, il faisait revivre sa mère, il s'efforçait de la faire réapparaître.

Parfois, les mots grossiers ont une signification par rapport à nos souvenirs. On peut faire resurgir un passé difficile en proférant des insultes.

Lettre
à ma petite-fille imaginaire

De temps en temps, nous nous dirons en secret dans un coin isolé un mot grossier mais, quand nous rejoindrons les autres, nul n'en saura rien. Surtout ne le répète à personne.

Lorsque j'étais pédopsychiatre, nous avions créé un atelier de gros mots pour les enfants ayant un retard de langage. Les résultats ont été spectaculaires et très positifs. Souviens-toi aussi de tes fous rires en section de maternelle, lorsque tu proférais en douce « caca-boudin », les lèvres cachées derrière ta main.

Les internes des hôpitaux tiennent souvent des propos grossiers en salle de garde. Les fêtes qu'ils organisent dans les internats sont elles aussi une forme de conjuration, pour exorciser l'anxiété que procure la rencontre avec des maladies incontrôlables.

Il n'empêche, la politesse est une marque d'évolution, et vivre en société en respectant les autres est la preuve d'un bon développement psychologique.

Pour être plus clair, je te conseille de ne jamais insulter ta grand-mère car j'interviendrai avec vigueur contre toi.

Génération « Y »

Ils sont insupportables avec leurs casques sur les oreilles. On leur parle, mais ils écoutent de la musique ou téléphonent à un ami qu'ils viennent de quitter. Leur ordinateur est une seconde peau. On a l'impression d'avoir un « ordi » à la maison plutôt qu'un petit-fils ou une petite-fille. Comment, quand on est grand-père, peut-on s'adapter aux nouveaux moyens de communication et être dans le même monde que la génération « Y » ? Faut-il se brancher des écouteurs, leur envoyer des SMS, utiliser Skype ? Peut-on rester classique ? Les lettres ont-elles encore un intérêt ?

Écrivez des lettres à vos petits-enfants. Restez fidèles à ce que vous êtes : le passé fonde l'avenir, continuez à écrire. Grands-parents, à vos plumes !

Lettre à ma petite-fille imaginaire

Si je t'écris, c'est que je compte sur les filles pour maintenir cette belle habitude d'écrire des lettres et, bien sûr, des lettres d'amour. Je me colle à l'exercice d'une lettre d'amour destinée à ma petite-fille – avec toute la pudeur requise concernant tes vraies amours, que je n'ai pas à connaître.

Je vais commencer par une critique. La dernière fois que tu es venue, tu as ôté tes écouteurs douze minutes. Tu semblais pendue aux conversations avec tes amis grâce au petit micro accroché à ton col. Si j'étais comme toi, si je me retournais vers ta grand-mère alors que tu me parles, et si je ne t'écoutais même pas, que dirais-tu ? Tu quitterais la table en claquant la porte. Je le sais car tu es impulsive, ce qui fait ton charme et ta fragilité.

Tu es belle comme le marbre de Carrare, et je préfère ta blancheur à la couleur beige de ton iPhone. Voilà la lettre d'amour qui recommence ! Sache que l'écoute est supérieure au discours, car écouter quelqu'un, c'est lui permettre de penser qu'il est intéressant. Si tu savais combien de fois dans ma carrière j'ai écouté sans comprendre et sans pouvoir interpréter ! En étant toujours intéressé par les confidences de mes patients, j'ai pu les aider. C'est par la qualité de mon écoute qu'ils ont pu avancer seuls, sans moi. Un psy sert quand il ne sert plus. La prochaine fois, je chronométrerai le temps où tu gardes ton « Y » sur les oreilles. Si, pendant une demi-heure, tu es pleinement présente avec nous, je serai un grand-père heureux et définitivement amoureux de sa jolie petite-fille.

À bientôt, sans écouteurs.

La religion

Les grands-parents s'inscrivent parfois dans une tradition – religieuse ou laïque – qui fonde leur famille et porte leurs valeurs. Clamons les vertus de la République et celles des religions !

Comment vont-ils pouvoir transmettre leur confession à leurs petits-enfants sans l'imposer, mais en s'autorisant à parler de leur foi, de leurs coutumes ? La religion est aussi l'occasion de mêler fêtes et traditions dans une grande tolérance. Inviter son enfant à une fête, participer à une cérémonie ou respecter une tradition alimentaire à un moment de l'année, n'est-ce pas une joie ?

Lettre
à ma petite-fille imaginaire

Tu observes les *santibelli* de notre maison, ces globes de verre renfermant des figures saintes, le plus souvent des Vierges portant l'Enfant et entourées de fleurs. Nous t'avons interdit de jouer avec ces bibelots comme si c'étaient des jouets. Tu ronchonnes et réclames la poupée, sous le verre. Il faut que je t'explique l'origine de ces objets que tu désires tant.

Je vais te raconter l'histoire de sainte Rita et de sainte Restitude. La première est une sainte importante pour les Italiens comme nous ; la seconde est la sainte de mon pays d'adoption, la Balagne, dans la région de Calvi, en Corse.

Rita est la sainte des cas désespérés. Elle est née en Ombrie, en 1380, ce qui peut te paraître lointain. Elle était issue d'une famille qui, pendant longtemps, n'avait pas pu avoir d'enfants. Pourtant, cette famille s'appelait Loto – un nom qui pousse à la chance.

Alors que ses parents, Antonio et Amata, étaient aux champs, sa mère entendit soudain un ange lui annoncer qu'elle allait être enceinte et qu'il lui faudrait appeler sa fille Rita, un diminutif de Marguerite, qui signifie « perle » en latin. Effectivement, Rita vient au monde. Dès le début, elle apparaît tout à la fois comme singulière et intéressante. Un homme, blessé lors des travaux des champs, la croise alors qu'elle n'est qu'un nourrisson couché dans un couffin, et voit des abeilles tournoyer autour de la bouche du bébé. Craignant qu'elle ne soit piquée, il chasse les insectes de sa main blessée et, lorsqu'il la retire, la plaie est guérie.

La suite de l'histoire est terrible. Rita épouse Paolo, un homme de mauvaise vie qui se transforme à son contact, et le couple a des jumeaux. Mais Paolo sera assassiné et ses fils voudront le venger. Rita empêchera la *vendetta*, souhaitant même que ses enfants soient emportés par la maladie plutôt que de commettre un tel acte. Atteints par la fièvre, ils décéderont tous les deux, sans doute d'une méningite contagieuse.

Veuve de son mari et orpheline de ses enfants, Rita entre alors dans les ordres et meurt à son tour avec un stigmate au front, comme le Christ. Ces stigmates se retrouvent chez de nombreux saints et saintes de l'époque : sainte Catherine de Sienne, saint François d'Assise... (Ne rappellent-ils pas la signification des scarifications chez les adolescents d'aujourd'hui ?) Rita a toujours été ascétique et anorexique. Or on répète dans sa vie ce que l'on a été enfant. Elle est venue en aide à des gens malheureux et c'était la sainte préférée de ma grand-mère.

Sainte Restitude, moins connue, est une vierge martyre. Condamnée à mort en tant que chrétienne puis graciée, elle partit de Carthage avec cinq compagnons et arriva en Corse, chez les Caninii. Quelque temps après, un procureur romain en tournée d'inspection à Calvi la fit condamner à mort. Elle endura de nombreux supplices et fut décapitée en 304. C'est la sainte des habitants de la région.

Pourquoi me suis-je étendu sur ces deux histoires ? Lorsque ma grand-mère m'emmenait au quartier du Panier, à Marseille, j'avais la chance d'assister à la fête de ces deux saintes. Les Corses invitaient les Italiens, migrants comme eux, pour cette communion réunissant les familles. La religion nous inscrit dans une tradition qui sert à se protéger des événements malheureux.

Je ne cherche pas à faire de la catéchèse mais je te parlerai des pratiques religieuses qui m'ont aidé à me construire. Un bon développement impose une religiosité ou une laïcité. Je suis inquiet pour ceux qui n'ont ni l'un ni l'autre.

Le rugby est une culture

Je ne peux éviter de parler de rugby, moi, le chroniqueur du *Midol* – le journal *Midi Olympique*. Le goût d'un sport peut sauter une génération. Ainsi, un père peut ne pas s'intéresser à un jeu qui a enflammé le grand-père. Ce dernier va tenter une revanche : transmettre sa passion pour que son petit-fils réussisse mieux que lui dans le sport qu'il adore.

LETTRE
À MON PETIT-FILS IMAGINAIRE

Tu connais mon enthousiasme pour le rugby. Enfant, j'étais très fier lorsque, ma main dans celle de mon père, nous allions au stade Mayol. Tel un héros, je partais du cours La Fayette sous les saluts de ma mère. Une fois au stade, nous humions l'odeur du baume du tigre (produit dont s'enduisaient les joueurs avant le match) et nous guettions le bruit des crampons sous la tribune. Nous étions aux « Populaires » et j'étais très admiratif que mon père, cet homme simple, puisse s'intéresser à un sport si compliqué.

Ton père, lui, a annulé ce temps, ce sport ne l'a jamais intéressé. Il a tort, car le rugby est un véritable jeu intergénérationnel : le père, le fils et le petit-fils peuvent se passionner ensemble. Même les filles y jouent bien. Grâce à toi, je vais retrouver des plaisirs enfouis. Je serai ravi que tu reviennes avec un marron, des bosses, que tu donnes des coups, mais surtout que tu applaudisses tes adversaires à la fin du match. Tu connaîtras des troisièmes mitemps un peu trop arrosées avec tes camarades au terme d'un match acharné. Tu es obligé d'aimer le rugby. Je laverai tes maillots et, s'il le faut, je t'inscrirai au club en cachette.

Tiens, voici une histoire que je souhaite te rapporter : un de mes amis corses avait réussi le certificat d'études. Pour le récompenser, son père voulut lui offrir un vélo, mais il préféra des chaussures de sport. Le père lui fit alors remarquer : « Tu ne joueras pas au rugby ? » Mon ami alla tout de même jouer au rugby avec ses copains et prit un « taquet » sur le visage. Il rentra l'œil fermé et la joue tuméfiée. Le soir, à table, quand son père vit l'état dans lequel il était, il lui dit : « Tu as joué au rugby ? » « Oui. » Le père saisit sa ceinture et lui en donna quinze coups, avec ce seul commentaire : « Si tu m'avais dit non, tu en aurais pris trente. »

Il faut que tu sois un peu blessé, choqué, que tu aies les membres douloureux pour que tu deviennes pleinement mon petit-fils. Nous partagerons tes douleurs à la sortie des mauls. Tu auras plus de courage que moi dans l'affrontement, et tu seras plus adroit à la prise de balle. De la tribune, je t'applaudirai et je me tournerai vers mon voisin avec ces mots : « Ce bon troisième ligne, c'est mon petit-fils ! »

Un secret : mon surnom au rugby était « Épuisette » !

Des parents voyageurs

Il y a très longtemps, j'ai fait la connaissance d'une jeune collègue psychologue, fille d'ambassadeur. Je me demandais comment elle avait supporté de changer de pays et d'amis tous les trois ou quatre ans. Est-il raisonnable, pour un enfant, de perdre ainsi à répétition ses repères, ses amis, son école ? Comment survit-on à ces déménagements incessants ?

Qu'ils soient diplomates, cadres de multinationale, gendarmes ou militaires, certains parents connaissent de nombreuses mutations. Dès lors, comment les grands-parents peuvent-ils se positionner vis-à-vis de leurs petits-enfants qu'ils voient peu ?

Lettre à ma petite-fille imaginaire

Tu m'apprends que tes parents vont déménager à la suite de la mutation professionnelle de l'un d'eux. Tu as de la chance, ta famille reste unie. Tu hésites à les suivre car tu ne veux pas perdre tes amis, ton bistrot et ton lycée. Tu aimerais louer un studio et rester dans *ta* ville, avec *tes* amis. Ton père a déjà refusé : il répugne à te laisser seule en raison de ton jeune âge, il a peur pour ta sécurité. Tu me demandes d'intervenir en ta faveur. Je ne sais pas ce que je vais pouvoir faire.

Je vais te raconter l'histoire d'Isabella, pour que tu comprennes mieux mon propos. Lorsque je lui ai demandé comment elle avait supporté ses multiples déménagements, elle m'a répondu que cela ne l'avait pas gênée. « Mais vous avez perdu vos amis, votre école... » ai-je objecté. « Nous avions une maison dans le Sud-Ouest, où nous allions tous les étés en vacances, et je retrouvais mes amis », m'a-t-elle expliqué.

Tu as tes grands-parents, tu as la maison d'été, nous pouvons incarner pour toi une forme de continuité. Nous serons à ta disposition et tu retrouveras les lieux, les plats de ton passé... Je crois à la permanence des lieux de vacances, tout aussi importante que celle des lieux de vie. Dans la conversation, Isabella m'apprit aussi que sa maison du Sud-Ouest venait d'être vendue. Je lui demandai si elle était désespérée. Elle me répliqua de façon joyeuse : « Mes parents viennent d'en acheter une à Montalcino», un village aux confins de l'Ombrie et de la Toscane.

Je comprends que ton père ne veuille pas te laisser seule dans un studio, mais je vais quand même tenter de négocier avec lui.

Je tiens à ajouter quelque chose qui m'a beaucoup ému, ce matin, au téléphone. Une de mes amies de Calvi a une maison de famille extraordinaire, en indivision avec son frère et sa sœur. Mais l'entretien, trop coûteux pour elle et sa sœur, les a conduites à céder leurs parts pour le dixième de leur prix à leur jeune frère, qui y habitera. Ainsi, la maison restera dans la famille. Voilà un acte admirable.

Ce n'est pas l'argent qui compte, mais la puissance des souvenirs du passé.

La « petite grosse »

Selon les études actuelles, le harcèlement à l'école concerne 10 à 12 % des enfants en élémentaire, un chiffre très important. Certains sont harcelés sans que leurs parents le sachent. Parmi les causes les plus fréquentes, on trouve le surpoids. On se moque des gros, on les isole du groupe. Ils en souffrent et sont obligés de faire les pitres pour passer la rampe de la sociabilité.

Comment réagir lorsqu'une fillette qui souffre de surpoids fait la rigolote lors des repas de famille ? Comment l'aider à dépasser le malaise qu'elle exprime par son apparente suradaptation au contact ?

Lettre
à ma petite-fille imaginaire

Tu confies souvent à ta grand-mère, qui est très mince, et tu m'en parles aussi, que tu te trouves trop grosse. De nos jours, le surpoids est l'ennemi ; avoir une silhouette élancée constitue le rêve de toutes les filles, et même des garçons. C'est pour cela que 10 % d'entre elles se font vomir dans le but d'atteindre un poids satisfaisant. Tu t'inquiètes souvent de ton apparence. J'ai remarqué que tu t'habillais avec des vêtements amples, tu caches tes formes, tu refuses de te mettre en maillot à la plage et tu te baignes loin du groupe. Cette attitude révèle que tu as honte de ton corps, ce que tu compenses en riant fort, en te moquant de toi. Tu te mets en scène lorsque tu vois l'éléphant en peluche de ton enfance et tu me dis : « Je n'aurais pas dû choisir ce jouet comme doudou, ça a été déterminant pour le reste de ma vie. » Tu te moques de Babar et tu t'appelles toi-même par ce nom.

Je crois qu'il faut que nous discutions, en toute franchise, de ton surpoids. Oui, tu es trop grosse et je te l'écris, car si je te le dis en face, tu te mettras à rire, je sourirai et j'oublierai ce que j'allais te dire. Tes parents t'ont maintes fois proposé d'aller consulter un nutritionniste.

Tu as perdu trois kilos, mais tu en as repris cinq. Nous t'avons proposé une cure dans un établissement spécialisé, et je voudrais que tu t'engages dans cette voie. Je souhaite vraiment que tu réussisses à maîtriser ton poids.

Voici ce que je préconise : je préfère ne pas te voir cet été pour que tu t'occupes de toi. Nous retournerons à la plage quand tu seras fière de ton corps et que nous pourrons nous baigner ensemble, que tu nageras heureuse, que tu seras tranquille pendant les repas de famille en disant « Non, merci » si l'on propose de te resservir, au lieu de manger en quantité.

Bonne cure pour une bonne image et estime de toi. Je préfère me passer de ta présence cet été pour te retrouver dans un état plus serein.

Aller en internat ou habiter chez les grands-parents ?

L'adolescence est une étape difficile, et la vie de famille en pâtit. De nombreuses disputes entre parents et enfants surgissent alors. Ceux-ci résistent en s'opposant et en devenant agressifs. Pour pouvoir vivre encore ensemble, il faudrait sans doute se séparer un moment, ne se voir que le week-end, un week-end sur deux ou sur trois, ou même une fois par mois. C'est un terrible sentiment d'échec pour les parents de placer leur enfant loin de chez eux, mais ils le font pour se donner une dernière chance. Parfois, ils envisagent la possibilité d'un hébergement chez les grands-parents. Cela nécessite plusieurs conditions. Tout d'abord, ceux-ci doivent être d'accord. En outre, il faut que l'adolescent ne soit pas pathologique, afin de ne pas mettre ses grands-parents en échec comme ce fut le cas avec ses parents. La question est de trancher entre le placement en internat ou le relais chez les grands-parents.

LETTRE
À MON PETIT-FILS IMAGINAIRE

J'ai reçu un appel de tes parents, qui n'en peuvent plus. Tu m'avais toi aussi téléphoné un peu plus tôt pour me dire que tu ne les supportais plus. C'est la guerre chez vous. Il ne peut pas y avoir d'amnistie car vous vous critiquez et vous opposez sans cesse. L'affection qu'ils te portent diminue. De ton côté, tu ne te gênes pas pour claironner que tu partiras dès que tu seras majeur.

Être majeur, ce n'est pas rien. À dix-huit ans, tu pourras voter, être condamné : tes parents ne seront plus responsables de tes actes. Mais tu seras vraiment majeur quand tu seras autonome, que tu assumeras tes besoins et que tu pourras vivre sans dépendre de quelqu'un. Que tu le veuilles ou non, tu dépends encore de tes parents, et souvent de moi. Je n'oublie pas le nombre de fois où tu m'as demandé de l'argent car tu avais des dettes. Je ne voulais même pas savoir lesquelles car j'en redoutais la raison, donc j'ai « fadé », comme on dit dans la pègre. J'ai payé pour que tu ne sois pas entraîné dans un système très risqué. Nous avons bien compris que tu joues avec le feu, mais tes parents ne parviennent pas à stopper cet engrenage infernal dans lequel tu t'es engagé. Ils ont décidé de te mettre dans un internat avec des éducateurs que tu n'aimeras pas et qui t'obligeront à faire ce que tu dois faire. C'est ta dernière chance sur le plan scolaire, car l'école ne t'intéresse pas et tu n'y vas même plus. Rappelle-toi que tu as échoué à deux reprises.

Ils m'ont également demandé si je t'accepterais chez nous. J'ai envie de dire oui et non. Oui, car tu me l'as toi aussi demandé il y a quelque temps, en me disant que tu ne pouvais plus vivre chez toi et que tu envisageais de dormir dans la rue. Tu sais très bien qu'il y a un lit chez moi et que je te recevrai toujours. Je ne veux pas que tu dormes dans un jardin, sur un quai de gare. Tu es mon petit-fils et je veux que tu sois bien traité. Mais j'ai aussi envie de dire non, car si c'est pour que tu répètes avec moi les mêmes stratégies qu'avec tes parents, j'échouerai comme eux. Nous allons faire un essai, je ne peux pas te proposer autre chose. Ta grand-mère m'écoutera, alors qu'elle préférerait au fond la solution du pensionnat. Ne lui en veux pas, elle a sans doute raison et j'ai peut-être tort. On t'accueille pour cet essai, mais à la moindre incartade tu iras en internat.

À la conquête du danger

Être grand-parent, c'est aussi se prolonger à travers sa descendance. Personne ne souhaite que ses petits-enfants meurent avant lui.

LETTRE
À MON PETIT-FILS IMAGINAIRE

À l'adolescence, tu auras forcément des conduites à risque. C'est un moment incontournable où il faut se découvrir pour s'approprier son existence. Tu voudras un vélomoteur avec lequel il t'arrivera de faire l'imbécile. Tu côtoieras des personnages interlopes comme pour te brûler les ailes en frôlant l'illégalité. Tu fumeras en cachette, essayant aussi les produits illicites. Comment pourrais-tu ne pas être conforme à ton groupe d'amis, même si tu veux être toujours unique ? Tu déroberas peut-être quelques objets dans une grande surface. Tes parents recevront-ils un coup de fil du service de sécurité de l'établissement ? Tu boiras, eh oui, pour te désinhiber, être comme les autres, prendre confiance en toi et te construire, ce qui est si difficile. Tu risqueras ton corps dans des relations intimes.

Si je te raconte mon histoire et comment ma grand mère, sans jamais m'en parler, m'a puni d'une cuite appuyée, c'est pour te dire que nous lutterons avec nos armes contre cette tendance aux conduites te mettant en danger. Car vois-tu, il y a deux types d'adolescents, même si tous se croient invincibles : les invulnérables (la majorité), qui souvent prennent des risques, et les vulnérables, qui perçoivent leur fragilité et qui en font trop (comme moi lors de cette soirée d'internat). Mais la roue de la chance interrompt parfois des trajectoires de vie et il arrive que cela se termine par une tragédie pour eux et pour leur famille. Tu m'objecteras la formule classique : « Il faut que jeunesse se passe. Toi, mon grand-père, tu as fait tellement de sorties de route ! Comment peux-tu me donner des leçons de morale ? » « Mais, tu ne comprends pas, petit : c'est pour moi que je cherche à te protéger », te répondrai-je.

Je vais évoquer un autre souvenir. À l'époque où Saint-Tropez commençait à être à la mode, je m'y rendais souvent pour approcher les vedettes, les yachts sur le port, la gloire et la richesse étalées. J'y allais avec mon ami Oscar, en voiture. Oscar conduisait d'une seule main. Je me souviens de dérapages incontrôlés, de tête-à-queue et du risque permanent d'un choc frontal avec un autre véhicule. Lorsque je lui en ai parlé, il m'a assuré que j'imaginais tout cela, que nous ne courions aucun danger. Il y a, chez l'adolescent, une interprétation très personnelle et intime des risques qu'il prend. Tu auras compris que le groupe est un véritable accélérateur, une potentialisation de tous les excès. En faire plus que les autres pour se singulariser.

Revenons-en à ce que je te demande: «Protège-moi.» Je t'ai déjà parlé de l'estime et de l'affection que je porte à cette mère qui a sacrifié sa vie pour sa fille handicapée et qui m'a dit: «Si je suis malade, elle ne me survivra pas.» Récemment, dans un moment de confiance absolue, elle m'a avoué: «Je vais faire une lettre pour vous la confier si je meurs.» Il s'est créé entre nous un lien familial au long de décennies de suivi.

Eugénie me disait souvent que, malgré tous les malheurs qu'elle avait connus dans sa vie, elle avait eu la chance de ne jamais perdre un enfant. La mortalité infantile est devenue quasi nulle, heureusement pour les familles. Ton arrière-grand-père, mon père, à la fin de sa vie, m'avait interpellé de manière singulière: il était hospitalisé et se plaignait que je ne vienne le voir que tous les deux jours. Je protestai en lui rappelant que ses nièces, neveux, son frère, sa sœur et, bien sûr, sa femme l'entouraient massivement et journellement. Il me répondit alors: «Oui, c'est vrai, les deux autres, les pauvres, ne peuvent plus venir.» Et devant mon incompréhension, il me confia qu'avant lui – il était l'aîné – un petit frère était mort de méningite à six mois, et une petite sœur de déshydratation aiguë infectieuse du nourrisson. Tu vois, ce n'est pas si loin de toi.

Tu as compris maintenant qu'il faut que tu vives pour que je puisse mourir tranquille !

À cet effet, je t'ai préparé un collier d'ail.

Faut-il libéraliser le cannabis ?

De nos jours, la plupart des jeunes fument de l'herbe. Nul n'est à l'abri de ce comportement, d'autant plus attirant qu'il est transgressif. Fumer de l'herbe est l'équivalent de boire, faire la fête, sortir le soir et rester tard hors de chez soi. Ils passent presque tous par ce rite initiatique.

Il existe deux types de fumeurs : ceux chez lesquels le cannabis va révéler une fragilité et qui vont tomber dans le piège de l'addiction, et ceux qui traverseront ce bref moment initiatique en tirant une goulée d'un pétard. Ce constat est déterminant dans la prise de position des adultes, et notamment des grands-parents, car on ne peut jamais savoir à l'avance à quelle catégorie appartiennent nos petits-enfants.

Je suis farouchement opposé à la dépénalisation et à la vente libre du cannabis. Les 15 % de fumeurs vulnérables risquent en effet d'y laisser leur vie psychique. Tout au long de ma carrière, j'ai pu noter des cas de schizophrénie qui ne se serait peut-être pas déclarée ou qui se serait manifestée plus tard, en l'absence de produits stupéfiants.

Lettre
à mon petit-fils imaginaire

Je ne suis pas d'accord pour que tu fumes du haschisch. Je sais que tu le fais puisque, lors de tes séjours à la maison, tu dors la fenêtre ouverte, même la nuit. C'est un signe pathognomonique[1]. Tu prétends que tu n'as pas froid, mais en réalité tu fumes. L'odeur est caractéristique et, bien que je sois une ruine, je sais la reconnaître car il me reste du nez.

Tu connais ma passion pour la syrah, ce cépage des Côtes du Rhône nord que j'adore, et tu me regardes comme si j'étais un vieil alcoolo complètement écrasé par l'addiction qu'il a choisie. Tu m'affirmes que fumer de l'herbe est l'équivalent de l'alcool à notre époque. Moi, j'ai toujours été très attentif à ce que les effets de la boisson ne détériorent pas ma relation à l'autre. Je supporte l'alcool. En revanche, je ne suis pas certain que tu tiennes le haschisch, car je trouve que tu en fais trop par certains aspects. Tu parais abruti et tu ne peux même plus réfléchir. Je t'ai vu l'autre jour quand tu es sorti de ta chambre. Tu étais enfumé, tu ricanais, je t'interpellais mais tu

1. Symptôme qui se rencontre dans une maladie déterminée et qui suffit à établir le diagnostic.

me répondais en dodelinant de la tête et en souriant comme un benêt. Tu veux que je te reconnaisse dans l'idiot du village dont je t'ai parlé et qui a toujours été profondément malheureux ?

Je ne veux pas que tu fumes. Tu fumeras chez tes parents, pas chez moi. Je ne te recevrai plus si tu continues à fumer. Tu m'as bien compris ? Je te le dis parce que je t'aime.

Ces drogues sont la clef de la pathologie, et tu veux que je fasse semblant de ne pas sentir cette odeur alors que je te sais en danger ? Impossible d'accepter cela. Je maintiens ma décision : tu ne viendras plus chez nous si tu fumes de l'herbe.

Tiens, à cause de cela, je vais boire un coup.

Les dangers de la Toile

Les grands-parents s'inquiètent sans doute davantage que les parents des dangers d'Internet. La Toile n'est pas de leur génération. Même s'ils ne maîtrisent pas la technique, ils en connaissent les inconvénients : un pédophile de cinquante ans peut facilement se faire passer pour un adolescent et établir un contact avec des garçons ou des filles de treize ou quinze ans. Un garçon fragile peut y trouver les moyens de se fournir en drogue ou de faire une fugue. Pourtant, les grands-parents peuvent se révéler utiles pour faire de la prévention contre les dangers que représente ce nouvel outil de communication.

Lettre
à ma petite-fille imaginaire

Tes parents m'ont signalé à plusieurs reprises que tu restes plus de trois heures par jour devant ton ordinateur. Tu as commencé par y consacrer une heure de ton temps, puis deux, et actuellement cela augmente sans cesse. Ta mère m'a téléphoné, affolée, en disant que tu allais sur des sites pornographiques. Je l'ai calmée en lui précisant que la pornographie est naturelle chez l'adolescent et l'adolescente, elle fait partie de la découverte de la sexualité. Mais le moyen que tu utilises est sans doute risqué, car tu communiques avec des personnes qui peuvent t'entraîner sur des chemins douteux. Je voudrais te dire que tu as droit à une pornographie intime, comme lorsque tu te masturbais quand tu étais plus jeune. Nous en avons parlé, je t'ai expliqué que c'était physiologique chez l'enfant. Les enfants se masturbent, mais seuls. Un enfant qui le fait en public est fragile, anxieux. Un adolescent se masturbe seul en imaginant une sexualité à deux. Là, tu te masturberais de manière virtuelle avec des gens en réseau. Je trouve cela intolérable et dangereux pour toi.

Ta mère a raison de s'inquiéter. Tes visites sur des sites pornographiques témoignent de ta fragilité. Comment peux-tu participer à une sexualité collective et te faire filmer par une webcam en train de te caresser pour que ce soit diffusé sur la Toile ? Je t'ai déjà expliqué que la pudeur est essentielle. L'impudeur est une faille du développement. Si tu es impudique, c'est que tu vas mal. Si tu t'affiches, c'est que tu n'as pas confiance en toi. Si tu montres ta sexualité de manière virtuelle, c'est que tu redoutes celle de la réalité.

J'ai demandé à ta mère d'avoir une position claire : soit tu le comprends et tu cesses, soit tu ne le comprends pas et tu devras consulter.

Je sais que ce que je t'impose est sévère. Mais je ne veux pas te laisser t'enfoncer dans la souffrance en utilisant ton corps comme passeport de ton malaise. Réfléchis bien ou consulte.

Un petit-enfant en difficulté scolaire

La plupart des parents souhaitent que leur enfant réussisse mieux qu'eux ou qu'il fasse les études qu'eux-mêmes n'ont pas pu poursuivre. D'où un sentiment de déception s'il n'en est pas capable, ce qui peut entraîner chez lui un trouble de l'estime et de la confiance en soi, et risque d'être néfaste pour son avenir. Les grands-parents doivent alors avoir une attitude particulière et mettre l'accent sur les aptitudes de leur petit-enfant, sans relever ses faiblesses. Par exemple, si leur petit-fils dessine très bien mais n'est pas bon élève en français, il faut faire ressortir son aisance en dessin. S'il court vite, mais est mauvais en maths, ils souligneront ses capacités sportives. Mettre en évidence les qualités vaut mieux qu'exacerber les défauts, ce qui reste souvent le fait des parents. À force de répéter : « Mon enfant ne travaille pas bien », ceux-ci semblent dire : « J'ai échoué » ou « J'ai peur qu'il échoue ». Cela obère le futur de l'enfant.

Que risque-t-on à être optimiste, à positiver son avenir ?

Ma tante, dont le fils était facteur, disait pour se moquer gentiment de ma mère que « facteur » finissait comme « professeur » ! Ce n'était pas si faux. Si un enfant devient un excellent boulanger-pâtissier, il faut l'applaudir. Et pourtant, il ne suivra pas un cursus général. Si un adolescent ne s'oriente pas vers la sempiternelle section S, qui ouvre, nous dit-on, toutes les portes, on pensera avec quelque mépris qu'il fait des lettres. C'est idiot, car les débouchés des littéraires ne sont pas moins bons. Les petits-enfants doivent savoir que les grands-parents sont ceux qui valorisent leurs qualités, applaudissent à leurs succès et dédramatisent leurs échecs. L'autorité et la frustration, pourtant nécessaires dans les relations humaines, ne doivent jamais influer sur l'estime de soi.

Par exemple, si un enfant rapporte une mauvaise note et en parle à sa grand-mère, celle-ci doit dire : « Dans quelle matière as-tu réussi aujourd'hui ? » plutôt que : « Tu as eu 0 en dictée ? » Une fois ces disciplines évoquées, elle pourra revenir sur les difficultés en dictée. Le petit sait pertinemment qu'il est faible en orthographe, car on se rappelle plus facilement les mauvaises notes que les bonnes. Inutile d'appuyer sur son malheur comme sur un abcès qui fait mal. Il faut, au contraire, contourner l'abcès pour éventuellement le vider.

La scolarité ne relève pas de l'autorité ni du champ des grands-parents. Ils peuvent donc être plus sereins que les parents. Imaginons une petite fille qui dit : « Tu sais, mamie, je n'aime pas l'école car ça me fatigue d'y aller. » Quelle doit être la réponse de la grand-mère ? Non pas celle d'une baba cool : « Ma chérie, tu as raison, l'école on s'en fiche, il ne faut pas y aller », mais : « L'école, c'est important. Mais explique-moi pourquoi tu n'aimes pas y aller. » Il faut rechercher le sens, et non adhérer à une désillusion ou à une vision négative de la fillette. Les grands-parents sont des psychiatres, ils ne doivent pas en rester à l'élément verbalisé mais accéder à la signification de ce qui est dit. Tous psys !

Imaginons deux petits-enfants : une fille qui réussit très bien sur le plan scolaire et un garçon en difficulté. Comment les grands-parents vont-ils négocier cette différence ? Doivent-ils essayer de calmer la souffrance du garçon en situation d'échec ? Faut-il lui tenir le langage de la lucidité ?

Évitons une première confusion : les grands-parents ne sont pas là pour sanctionner, évaluer et décider de l'avenir de leurs petits-enfants. Ils sont là pour les accompagner en cas de difficulté, pour les aider quand c'est possible et atténuer leurs douleurs.

LETTRE
À MON PETIT-FILS IMAGINAIRE

Ton père, furieux, m'a transmis tes mauvaises notes en me disant : « Tu le défends toujours, regarde ce qu'il fait. » En consultant ton bulletin, j'ai compris sa colère, mais je peux te dire que je suis moins meurtri que lui. Quand ton père était enfant, j'ai toujours espéré qu'il n'ait que des bonnes notes. Toi, tu ne fiches rien et tu as toujours reçu des appréciations du genre « Peut mieux faire ». Toute la famille et les enseignants te considèrent comme un enfant intelligent mais en difficulté à l'école. Si je m'autorise à parler ainsi, c'est que j'ai été le premier de notre famille à passer et à obtenir le baccalauréat, par chance grâce à la philosophie, car j'étais mauvais en maths. Tout se joue pour toi maintenant, avec ton entrée au lycée. Grâce à ses relations, ton père a forcé cette entrée alors qu'on te proposait de redoubler ta troisième, ce qui ne sert à rien. Ton orientation vers un métier ou une classe de seconde s'effectue à partir de là.

Mon deuxième conseil est que tu dois te plaire pour plaire aux autres. Fais rire les filles au bistrot mais pas en classe. Échouer est plus facile que réussir.

Ta jumelle suivra la filière S, vous serez ainsi dans deux classes distinctes. Tu deviendras ce que tu veux devenir. Nous avons toujours suivi les préceptes de René Zazzo[1], le grand psychologue de la gémellité.

---

1. Auteur d'un ouvrage essentiel, *Le Paradoxe des jumeaux* (Stock, 1984), selon lequel, malgré le même socle chromosomique et le même environnement, les jumeaux sont un couple avec des difficultés de couple.

Nous vous avons sans cesse différenciés. Elle est première en tout ; elle en serait malade si elle perdait un point. Ne lui montre pas cette lettre. Alors, au lieu d'être « cool », comme tu dis, travaille d'arrache-pied en classe durant le premier trimestre, qui est déterminant pour l'opinion des enseignants.

Mon dernier conseil concerne ton avenir : inscris-toi dans la matière principale où tu es compétent, en lettres si tu veux, ou en informatique. Travaille les matières qui te plaisent et compte sur moi pour être ton supporteur numéro un.

Je vais faire en sorte que ton père porte à son tour tes couleurs. J'ai confiance en toi. Tu rencontreras un enseignant qui t'intéressera et qui te permettra d'exprimer toute l'étendue de ton intelligence.

« Tu n'entreras pas en seconde »

Lorsqu'un collégien n'accède pas à la seconde générale, il est orienté vers un enseignement technique. Ses parents peuvent être désolés de cette orientation scolaire, alors qu'ils l'ont soutenu et poussé vers une voie plus classique. Quel est alors le rôle des grands-parents ? Doivent-ils s'effondrer, comme les parents, ou faire valoir la chance que représente pour cet adolescent le fait de partir à la conquête d'un métier et d'une carrière ? Le choix est simple : il leur faut applaudir au métier que le petit-fils ou la petite-fille choisit, et soutenir les parents en pleine désillusion devant la scolarité qu'il ou elle ne suivra pas.

LETTRE À MON PETIT-FILS IMAGINAIRE

Je suis ravi que tu choisisses un métier, même si tu ne sais pas encore lequel. Tu as parlé d'électricité, de plomberie, de maçonnerie. En quelque sorte, tu veux construire des maisons. Je me souviens de ton talent quand tu fabriquais des cabanes au fond du jardin. Tu voulais toujours qu'elles soient plus solides que les miennes. J'allais un peu vite ; toi, tu étais passionné et attentif. Je disposais les branches n'importe comment, tandis que tu me demandais comment utiliser le fil à plomb pour que le mur soit bien droit. Tu étais performant dans tes réalisations. Cela me permet de t'assurer que tu seras un remarquable bâtisseur, même si tu n'es pas fort à l'école, notamment en français. Mais tu vas devenir le spécialiste des constructions et je t'accompagnerai dans ton apprentissage.

Chez moi se trouve un vieux cabanon où sont remisés les outils. Je vais te confier ta première mission : le rénover pendant les vacances d'été. Tu seras payé pour cela. Je poserai une plaque pour inaugurer ta belle réalisation.

Dans mes plus beaux rêves, j'imagine une université des métiers où tu seras étudiant en maçonnerie, en menuiserie. Tu suivras des cours de gestion pour apprendre à diriger ton entreprise – car je suis certain que tu en géreras une. Tu emploieras des ouvriers et des apprentis auxquels tu sauras donner leur chance.

Pour toutes ces raisons, je suis fier de ton orientation. Je regarde le vieux cabanon et j'imagine déjà les transformations que tu vas lui apporter. Je crois en ton avenir.

Les trop bons élèves

Près d'une consultation sur deux, en pédopsychiatrie, est motivée par des difficultés d'apprentissage. Mais il existe aussi le cas du bon élève stigmatisé et traité de « bouffon » dans les quartiers. Certains enfants craignent même que leur réussite scolaire ne les empêche d'avoir des amis. Dans la même veine, on voit des élèves de classe préparatoire développer une névrose d'échec, malgré une mention très bien au baccalauréat avec les félicitations du jury. Autre phénomène : les enfants dits précoces ou à haut potentiel intellectuel, dont les parents s'inquiètent du devenir.

Dans tous ces cas de figure, les grands-parents représentent une aire de tranquillité : ils peuvent prendre une position d'écoute plus sereine que les parents.

LETTRE
À MA PETITE-FILLE IMAGINAIRE

Malgré tes bons résultats, ton dernier appel téléphonique était rempli de doutes : vais-je être acceptée dans une « prépa » prestigieuse ? Est-ce que je tiendrai le choc de cette première année post-baccalauréat ?

Nous sommes bien d'accord : douter de soi est une preuve d'intelligence, et intelligente, tu l'es.

Tu vas être confrontée à de meilleurs élèves que toi. Je pourrais ajouter : « Enfin ! » Jusqu'ici, tu as persécuté ton frère qui est un élève moyen. Plus jeune que toi, il te succédait dans des classes où tu avais brillé auprès des enseignants qui clamaient tes louanges et ne cessaient de faire des comparaisons entre vous, disant à vos parents que leur fils n'était pas aussi doué que leur fille.

Puisque tu doutes, vas-y franchement. Pense que tu n'y arriveras pas, que d'autres possèdent le talent qui te manque ; considère tes succès à venir comme une chance, un heureux hasard. Sois modeste et humble, tu en seras d'autant plus admirée, mais porte tes ambitions au plus haut niveau. Et si réellement tu ne t'en sors pas, réfléchis à un travail psychanalytique qui évitera à ton grand-père d'être toujours au charbon !

Comment parler de la séparation du couple parental à ses petits-enfants ?

Les enfants qui subissent la séparation de leurs parents surveillent du coin de l'œil la pérennité du couple de leurs grands-parents. Ils aspirent à retrouver auprès d'eux la possibilité de s'identifier. Dans une telle situation, la neutralité est donc essentielle, et les grands-parents doivent maintenir le calme et un lieu familial.

Je mets en garde les personnes qui prennent position dans le conflit en faveur de leur enfant, sans aucune souplesse, en excluant totalement l'ex-conjoint, et qui relancent sans cesse les crises, y compris de manière juridique. Certaines revendiquent même un droit de visite dont elles se sentent privées. Mais ces rencontres dans un cadre juridique auront-elles vraiment des conséquences favorables sur la relation avec leurs petits- enfants ? J'ai toutes les raisons d'en douter.

Quand il est plongé au milieu des querelles de ses parents, l'enfant a au contraire besoin qu'on l'écoute, le conseille, le soutienne. « Pourquoi papa est-il si proche de cette famille ? Pourquoi maman flirte-t-elle avec ce nouveau monsieur ? Comment vais-je supporter de la part de ces inconnus une marque d'affection ou d'autorité ? Je n'ai ni à les aimer, ni à leur obéir, il faudra que j'en parle à mes grands-parents. » C'est alors qu'il faut être présent, disponible. Un beau travail pour les ascendants.

LETTRE
À MON PETIT-FILS IMAGINAIRE

Tu m'as appelé pour m'annoncer que tes parents se séparent.

J'ai vécu moi aussi des moments inquiétants lorsque mon père m'a confié son désarroi à l'idée d'une éventuelle séparation d'avec ma mère. J'avais cinq ans et j'étais dans l'incapacité d'aider un adulte qui m'impressionnait. Il est courant que des familles se défassent ; peut-être même que, dans quelques dizaines d'années, les pédopsychiatres suivront les enfants dont les parents ne se sont pas séparés, et qui seront alors stigmatisés ! Tu sais à quel point il m'arrive parfois d'exagérer…

La personnalité de ma grand-mère était si forte que, si le couple formé par mes parents avait éclaté, nous aurions vécu un conflit redoutable.

Si tu te retrouves dans cette situation, compte sur moi, compte sur nous. Nous ne serons pas critiques, nous resterons pour toi un havre de paix. Je ne me comporterai pas comme le juge aux affaires familiales qui déterminera ton destin et ta domiciliation. Je serai attentif à tes questions, et toujours prudent dans mes réponses. Je sais aussi que tu caches de vieilles blessures dans tes souvenirs. J'irai avec toi sur ce terrain en faisant revivre les moments positifs de ta vie. Je t'ai souvent parlé de Françoise Dolto, que j'ai côtoyée. Elle a coécrit son dernier ouvrage, *Quand les parents se séparent* (Seuil, 1988), avec mon amie Inès Angelino. Elles y soulignent que, même s'ils se quittent, les parents se sont toutefois aimés et ont eu des enfants de cet amour, qu'ils ont vécu ensemble des moments où régnait l'affection. Pourquoi pas ? Même si ce n'est pas assuré à 100 %, que risque-t-on à idéaliser le passé pour renforcer son avenir ? Tu devras accepter que les enfants issus d'une première union de l'amie de ton père ou du nouveau compagnon de ta mère t'aident à mieux aborder cette situation. Ne soyons pas naïfs malgré tout, parfois cela ne se passe pas bien du tout. Il te sera utile de comprendre que ces enfants eux aussi ont souffert d'une rupture.

Tu sais que tu peux toujours venir à la maison. Tu y retrouveras un couple certes âgé, mais qui fonctionne depuis toujours, qui a connu des hauts et des bas, qui a risqué aussi de se séparer mais qui demeure à ta disposition. Nous ne dirons jamais de mal de ta mère, nous soutiendrons notre fils même si parfois il va trop loin dans le conflit. Nous ferons tout pour ne pas nous fâcher et de ne pas ajouter une rupture avec toi, ta mère et ton père, ce qui aggraverait encore le tableau.

L'insupportable maladie

Il est bien difficile pour les grands-parents de donner leur avis sur la santé de leurs petits-enfants, car les parents en sont les premiers responsables. Et pourtant, avant de prendre leur retraite, ils ont parfois eu un métier qui leur permettait de poser un diagnostic. Comment vont-ils se positionner, alors ?

Mon maître, Michel Soulé, avait écrit il y a bien longtemps un beau livre avec ses compères Michel Fain et Léon Kreisler : *L'Enfant et son corps*[1]. Cet ouvrage accompagnait tous nos tâtonnements cliniques pour la prise en charge des très jeunes enfants. Je le laissais ostensiblement traîner dans la salle d'attente de mes consultations.

Certains pédiatres sont de grands pédopsychiatres qui ne le disent surtout pas, mais le pensent si fort que, lors de nos confrontations, nous arrivons à sourire ensemble de propos différents.

---

1. Presses universitaires de France, 1974.

LETTRE
À UN PETIT GARÇON «PATRAQUE»

Ta mère vient de m'appeler car tu présentes, selon elle, des symptômes inquiétants sur le plan organique avec un retentissement sur ton développement psychomoteur. Tes parents ont multiplié les examens, les consultations à l'hôpital Necker, à Paris, une référence en la matière. On t'a fait une biopsie de l'intestin grêle, ce qui a permis d'éliminer l'hypothèse d'une maladie cœliaque, mais on a retenu plusieurs allergies.

Que faire ? Te livrer aux examens complémentaires et aux avis multiples ? C'est de l'autorité de ton père et de ta mère que tu dépends. Aujourd'hui, on interroge rarement les aînés, et les grands-parents n'ont qu'une opinion consultative, et encore ! Il faut qu'ils soient prudents car, en donnant leur point de vue, ils risquent de causer une sorte de rupture avec les parents de leurs petits-enfants. Je vais donc être prudent.

Revenons à tes symptômes : tu tousses souvent, mais ton vaccin contre la coqueluche est à jour. La tuberculose a quasiment disparu chez nous. On peut donc éliminer ces deux affections. Si je m'y autorisais, je dirais que tu présentes des manifestations psychosomatiques. Tu exprimes avec ton corps ton anxiété, relayée par la vive inquiétude de tes parents qui t'aiment. Ta mère, ma fille, habituée à mes stratagèmes de psy, a négligemment soupesé l'ouvrage de Michel Soulé et a déclaré : «Tu aimes beaucoup ce livre, je crois.» Ton père, malgré ses efforts pour rester calme et courtois, déteste les interprétations psychopathologiques. Il a un raisonnement plus scientifique: ce qui ne peut pas être reproduit n'est pas sérieux. Il a raison.

J'ai joué avec toi un petit moment, environ vingt secondes. Cela a bien marché, tu as écarquillé les yeux, puis un grand sourire a illuminé ton visage. J'ai souri à mon tour mais, à cet instant, ton père est entré dans la pièce et je me suis senti tout bête. Il m'a regardé d'un drôle d'air puis a hoché la tête. Il me considère parfois comme un vieux bébé un peu bobo. J'ai failli m'excuser, et c'est alors que tu as arrondi les yeux et que tu t'es mis à tousser. J'ai compris ton message et tu m'as totalement rassuré. Il ne reste qu'à trouver un pédiatre éclairé qui comprendra tout cela sans le dire à tes parents.

J'ai parlé à ta mère de ton sourire communicatif et elle m'a souri comme toi. Avec une grande émotion, j'ai retrouvé son sourire de bébé que je croyais avoir oublié.

À bientôt, jeune psychosomatique!

Une psychosomatique héréditaire

On peut retrouver, chez ses petits-enfants, certaines affections psychosomatiques présentes en nous, comme la migraine. Comment les aider à ne pas somatiser ?

Lettre
à mon petit-fils imaginaire

J'ai reçu par courriel une photo de toi. Ta mère me dit que tu te plains de maux de tête et qu'au petit matin tu ressembles à l'enfant malade peint par le Caravage – un tableau que j'ai vu au palais Barberini, à Rome.

Si je te parle de prématurité, c'est pour te conseiller de ne pas t'inquiéter de ton petit poids de naissance : 2 kilos. J'ai remarqué à quel point tu étais attentif chaque fois que ce sujet surgit dans les discussions de famille. « Il ne mange pas assez, il ne grossit pas, il a peu d'appétit, mais déjà, *in utero*, il devait être peu vorace. » Si tu savais combien je me retrouve dans tes comportements alimentaires ! Je te confie mon secret : je pesais à ma naissance 1,9 kilo, 100 grammes de moins que toi. On me disait hypotrophié à terme[1], donc quasiment condamné à un développement perturbé. Mon poids actuel s'est bien inversé ! Mais je sais tous les efforts de représentation d'images de toi que tu es dans l'obligation d'effectuer en permanence.

Venons-en à ta migraine. Elle a des racines héréditaires : ton arrière-grand-mère en souffrait, et moi aussi (ta sœur, elle, n'a jamais donné corps à cette vulnérabilité). Le conseil que je te donne : il ne faut pas que tu exprimes cette fragilité familiale.

Qu'est-ce qu'une manifestation psychosomatique ? Il y a le *soma* (le corps) et la *psyché* (la pensée). Ton corps se manifeste par un signe clinique, la douleur migraineuse. Souffres-tu de migraine pour me ressembler, être identique ou appartenir à une famille qui présente cette particularité ?

Je doute que ce que je te raconte là soit compréhensible et acceptable par toi. Comment pourrait-on choisir ce qui constitue une gêne pour la vie quotidienne ? Car le sujet qui somatise effectue ce choix pour ne pas souffrir. Je connais ton importante rivalité fraternelle avec ta sœur. Entre nous, elle est parfois pénible, mais comprends qu'elle t'admire beaucoup. Elle essaie, en te persécutant, d'attirer ton attention, d'autant que tu l'ignores souvent.

---

1. L'hypotrophie à terme est un développement insuffisant avec retard de croissance.

Je crois que ton pédiatre va essayer des traitements et j'espère que tu en investiras un. La douleur est suggestible, c'est toi qui dois penser que tu peux influer sur elle au lieu de croire à la vertu d'un médicament. Il faudra aussi que tu essaies la relaxation ou la sophrologie. Mieux vaut que tu te guérisses en maîtrisant tes douleurs plutôt qu'on ne te guérisse avec des béquilles médicamenteuses. J'ai téléphoné à une sophrologue, une ancienne de mes collaboratrices, que ta mère connaît. Elle est si douce, si zen que j'imaginais qu'elle accédait en lévitation au troisième étage de l'hôpital où je travaillais autrefois.

Un petit-enfant handicapé

Il existe plusieurs types de handicaps. Certains surviennent dès la naissance et sont chroniques ; ainsi, une malformation, une cécité, une surdité. D'autres surgissent à l'adolescence, tel un diabète insulinodépendant. D'autres encore résultent d'un accident, comme une paraplégie. Comment les grands-parents, qui sont eux-mêmes à l'âge des maladies, vont-ils supporter un handicap chez un petit-enfant ? Prenons l'exemple d'un diabète insulinodépendant chez une adolescente.

Lors d'un débat récent avec des associations de parents d'enfants en situation de handicap, une terrible évidence m'est apparue. La différence entre les parents chanceux, dont l'enfant s'est sorti sans problème de tous les risques du développement, et les autres tient au fait que les seconds souhaitent que leur enfant meure avant eux, faute de quoi ils ne pourront plus le protéger et l'accompagner dans son grand âge. Aussi leurs associations militent-elles pour la création de maisons de retraite spécialisées et de foyers de vie, seuls remèdes à une position mortifère, intolérable et incontournable sans cela.

LETTRE
À MA PETITE-FILLE IMAGINAIRE

Tu viens de sortir du coma causé par un diabète insulinodépendant de type 1 dont nous venons d'apprendre l'existence chez toi. Tu seras traitée toute ton existence par l'insulinothérapie, ta vie dépend de ce traitement. Si je commence cette lettre de manière redoutable, c'est pour bien poser les choses et que tu ne cherches pas à t'échapper. Il n'existe pas d'autre possibilité de traitement en l'état actuel de nos connaissances. La greffe du pancréas est un projet très lointain et hypothétique car elle entraîne souvent une pancréatite aiguë ou chronique. Les traitements d'avenir résident sans doute dans le génie génétique, capable d'utiliser des cellules souches pour compenser les défaillances des îlots de Langerhans qui, dans ton cas, ne produisent plus assez d'insuline. Je t'expliquerai tout cela de vive voix.

Il y a longtemps que tu n'allais pas bien. Tu avais beaucoup maigri, tu étais fatiguée, épuisée même, et tu avais toujours soif. À ton âge, on ne pense pas au diabète car on l'associe en général aux personnes âgées.

Dans ma famille, vers l'âge de cinquante ans, les gens devenaient tous diabétiques. Ils mangeaient trop, goulûment. Ils ont d'abord bénéficié d'un traitement par voie orale, avant de prendre de l'insuline. Ma grand-mère Eugénie était diabétique et insulinodépendante à la fin de sa vie, avec un diabète de type 2 qui a évolué en type 1. Mon cousin Jacques et moi avons échappé à cette maladie mais, de manière curieuse et paradoxale, nous éprouvions comme un regret de ne pas être conformes à notre lignée ! Ne crois pas que je sois responsable de ta maladie et ne m'en veux pas d'être issu d'une famille de diabétiques. Je ne suis pour rien dans mes origines.

Je vais t'aider à supporter ce diabète détestable. J'ai vu tellement d'adolescents diabétiques prendre des risques graves avec l'insuline en ne respectant pas la dose qu'ils devaient s'injecter que je veux faire de la prévention avec toi. Ne détruis pas ta vie, elle est encore à vivre !

J'aimerais terminer par une histoire montrant que la science fait beaucoup de progrès. Un médecin avait décidé d'abréger les souffrances de son enfant atteint de diphtérie. Le lendemain, dans la presse médicale, il apprit qu'un vaccin contre la diphtérie venait d'être découvert.

Tu peux compter sur moi et sur la science pour venir à bout de ta maladie. Ta grand-mère m'a dit à la fin de ses jours : « C'est incroyable, ce diabète ne part pas. » Chez toi, je sais qu'il partira.

Un terrible accident

Nous passons tous notre vie à redouter que nos enfants aient un accident de la circulation, et cette inquiétude se reporte ensuite, en toute logique, sur nos petits-enfants.

LETTRE
À UN PETIT-FILS IMAGINAIRE

Tu es toujours en centre de rééducation. J'ai longtemps hésité à t'envoyer ce courrier car tu poses sans cesse les mêmes questions, auxquelles je ne peux pas répondre : est-ce que je remarcherai ? Dans combien de temps vais-je retrouver la motricité de mes membres inférieurs ? Quelles séquelles y aura-t-il ? Est-ce que je finirai ma vie dans un fauteuil roulant ? Pourrai-je avoir des enfants ? Pourrai-je travailler ?

J'ose enfin te l'écrire : tu ne remarcheras pas. Il faut du courage pour te le dire, je le fais à la place de tes parents, qui ne peuvent plus faire face. Ton père, ce grand gaillard, s'est effondré dans mes bras et m'a supplié de te répondre car il s'en trouve incapable. Mais je n'arrive pas à te le dire, alors je te l'écris. Tu ne marcheras plus, et pourtant tu marcheras vers la vie. Tu ne pourras pas courir sur la plage, mais tu courras dans ta tête et moi, je courrai avec toi dans nos souvenirs. Tu connaîtras des difficultés professionnelles, mais, là aussi, les lois exigent l'intégration des handicapés. La société s'honore quand elle respecte les différences. Moi qui ai tellement mal aux genoux, je marcherai pour toi, je me battrai pour faire évoluer la législation, je militerai en faveur des droits des personnes en situation de handicap. Tu ne marcheras pas mais ton fils ou ta fille marchera. Et j'espère tenir bon sur mes pauvres jambes fragiles pour vous accompagner sur la plage et marcher avec toi dans la tête.

Dès que tu auras reçu cette lettre, si tu m'appelles, je me précipiterai au centre pour te parler.

J'attends ton appel pour venir auprès de toi.

Les grands-parents face à une tragédie familiale

Face à la disparition d'un des parents, les grands-parents ont un rôle bien difficile à tenir. Seront-ils assez forts malgré leur chagrin ? En feront-ils trop ? Pas assez ? Ils partageront la douleur et apporteront une aide en évoquant les souvenirs du passé.

L'une des choses les plus compliquées à gérer pour eux, dans de tels cas, c'est de savoir si leurs petits-enfants doivent les accompagner à l'enterrement, se rendre sur la tombe.

LETTRE
À MES PETITS-ENFANTS IMAGINAIRES

Mes chers petits-enfants,

Le ton de cette lettre est un peu solennel et très triste. Vous venez de perdre votre père, et moi, mon fils.

Toute son adolescence, je lui ai répété qu'il n'aurait pas de moto. Il se moquait de moi en me rappelant ma propre adolescence. Pendant des mois, en effet, je n'avais pas adressé la parole à mon père et je m'étais contenté de faire semblant de passer les vitesses, en imitant un bruit de Vespa. Finalement, il avait craqué et, avec l'aide de mon oncle, il m'avait offert ce deux-roues avec lequel je m'étais fracturé le bassin peu après. Mais je n'avais pas eu d'accident mortel. La moto de votre père a été heurtée par une voiture qui avait grillé un stop. Il est mort sur le coup. Vous voilà seuls avec votre mère.

Vais-je avoir la force, en mettant de côté ma douleur et mon désarroi, d'être en partie un substitut de ce père disparu ? Je ne pourrai jamais le remplacer, être lui, si différent de moi. Mais je peux vous raconter des histoires le concernant, vous parler de lui, de l'amour que je lui portais, tout en essayant de ne pas rester uniquement dans le passé.

C'est vous qui déciderez si vous voulez aller au cimetière. Les adultes ne vous dicteront pas votre conduite. On vous demandera votre avis : « Veux-tu voir ton père avant la mise en bière ? Veux-tu aller à l'enterrement ? » Je l'espère, mais je comprendrai que vous ne le vouliez pas.

C'est vous qui me rassurerez et me dicterez ma conduite. Est-ce que vous pourrez me parler de lui sans souffrir ? M'accompagnerez-vous dans mon désarroi ? Est-ce que vous me soutiendrez dans ma douleur ? Finalement, on sera comme dans un double scull, avec deux paires d'avirons. On rame ensemble, on progresse vers la ligne d'arrivée et, malgré la difficulté, le parcours en bateau est si beau le long des berges que cela vaut la peine d'essayer de faire ce voyage ensemble.

Aidons-nous.

Ne plus vivre ensemble

Les séparations peuvent être motivées par différentes causes : la mort d'un parent ou, plus banalement, la dislocation d'un couple. Dès lors, quelle est la place des grands-parents ? Ils risquent, dans certains cas de conflit violent, de ne plus voir leurs petits-enfants du fait du divorce du couple parental. Ils doivent agir avec doigté s'ils veulent conserver ce lien essentiel à la bonne évolution de leurs petits-enfants. Insistons sur le fait qu'ils sont indispensables.

Cependant, au cours de ma carrière, j'ai reçu de nombreux grands-parents qui, de manière vaine à mon avis, militaient pour exercer un droit de visite alors que les parents y étaient opposés. Cela ne fonctionnait jamais, même lorsqu'ils obtenaient gain de cause sur le plan juridique : ils pouvaient voir leurs petits-enfants en présence d'un médiateur à un « point de rencontre », mais ceux-ci étaient pris dans un conflit de loyauté.

En tant que pédopsychiatre, je serais plutôt partisan de cette position originale : il faut savoir se détacher. Si on y réfléchit, qu'est-ce qu'être parent ? C'est vivre avec sa fille ou son fils sous le même toit, puis accepter peu à peu qu'il nous quitte. Être parent, c'est permettre à son enfant de vivre en dehors de soi et admettre qu'il n'ait progressivement plus le même espace-temps. C'est faire en sorte que ses enfants soient autonomes. Certains grands-parents ne le comprennent pas et sont en perpétuelle demande. J'ai vu des grands-mères garder leurs petits-enfants en compétition avec des structures de soins et d'accueil. Or un enfant élevé en crèche se développe mieux que s'il est gardé par sa grand-mère ; on a observé en particulier que le développement du langage est supérieur chez l'enfant en collectivité.

LETTRE
À MES PETITS-ENFANTS IMAGINAIRES

Je vous écris de nouveau à la suite du décès de votre père, car j'ai senti une véritable tension chez votre mère. Pour être loyal avec vous, je vous avoue que nos relations n'étaient pas spécialement bonnes antérieurement, mais la disparition de votre père laisse le champ libre à l'émergence de conflits.

Vous vous rappelez que, petit, je me rendais très souvent chez ma grand-mère, qui vivait deux étages au-dessus de chez moi ? Cela s'est poursuivi quand j'étais plus grand. Peu à peu, je l'ai moins vue, j'ai moins vécu avec elle.

Je vais me montrer très prudent avec votre mère. Son animosité risque de se retourner contre nous. Nous n'avons pas assuré la survie de son mari. Même si nous ne sommes pour rien dans son choix de rouler en moto, nous l'avons accepté. On rend toujours les grands-parents responsables du danger, des défauts, de certains propos… Il faut laisser les choses se mettre en place en disant que notre porte est ouverte, que, même si nous en souffrons, nous acceptons de vous voir moins souvent.

Alors, c'est entendu, nous nous verrons moins, mais je pense à vous tous les jours. Je me souviens…

Les grands-parents n'ont pas de sexe

Les grands-parents sont des êtres qui n'ont pas de sexualité aux yeux de leurs petits-enfants, et c'est une qualité fondamentale dans l'élaboration de la pudeur qui doit se développer chez ces derniers. Grâce à la représentation asexuée du grand-père ou de la grand-mère, les enfants peuvent construire leur propre parcours sexuel.

Cependant, il arrive que les sévices sexuels soient perpétrés par un ascendant ayant autorité, parfois, hélas, par le grand-père. Les enfants ne se méfient pas des membres de leur famille. Les dommages sont importants, car cela détruit la pudeur, véritable garante de la construction de l'identité et de la propriété de son corps par l'enfant. En même temps sont démolis l'arbre de vie, la transmission, la confiance et la descendance.

Lettre à ma petite-fille imaginaire qui devient grande

Ce qui est merveilleux avec toi, c'est que je suis ton grand-père mais que je ne suis pas un homme. Ne t'étonne pas, je m'explique. Lorsque je marche avec toi dans la rue avec une fierté que je n'ai pas à dissimuler, nous formons certes un couple, mais intergénérationnel. Il n'y a aucune ambiguïté. Indiscutablement, les petites sont toutes amoureuses de leur père, le plus beau, le plus fort et le plus intelligent des hommes. Le grand-père, quant à lui, est gentil et disponible. Il existe des grands-pères chauves, un peu bedonnants, pas très souples, mais ils ont pour eux la disponibilité et le plaisir manifeste qu'ils éprouvent à partager du temps avec leurs petits-enfants.

Comment peux-tu t'imaginer que j'ai été un être séduisant, capable de plaire et de provoquer des émois amoureux ? Tu ne peux le concevoir, c'est en cela que je suis ton grand-père. Ce temps à soi, celui de la jeunesse, est passé mais vivace dans le souvenir. À aucun moment il n'interfère dans la relation d'affection petite-fille/grand-père.

Tu supportes depuis longtemps les histoires que je te serine, notamment ce splendide passage de Giono, dans *Un de Baumugnes*. Le berger est dans la bergerie mais il sort dormir dans le froid, la nuit, sur le plateau de Valensole, car « la petite était une femme, le sang lui était venu ».

Finalement, lors de la promenade avec toi, en tenant ta petite main, je redeviens souvent le petit garçon que j'ai été.

Le premier baiser

C'est souvent aux grands-parents qu'est faite la confidence des premières étreintes, du premier baiser. Se confier à eux, c'est se mettre dans une position d'impudeur, mais aussi se donner les moyens d'un beau développement affectif.

Quant à eux, il faut qu'ils restent prudents, attentifs, qu'ils surveillent sans interdire et accompagnent les révélations de leur petite-fille ou de leur petit-fils (ce sont le plus souvent les filles qui s'épanchent, car les garçons disent toujours que le premier baiser ne se produit pas à la première rencontre mais à la seconde, tant ils sont fiers et appréhendent l'acte amoureux).

Lettre
à ma petite-fille imaginaire

Tu m'as confié combien ce garçon était beau. Tu as dansé avec lui à la fête du village, tu as été troublée. « Papi, on aurait dit une valse », m'as-tu raconté. La tête t'a tourné et il t'a embrassée. Il t'a serrée fort dans ses bras puis tu t'es échappée, et tu es rentrée chez moi en courant, sans perdre ton soulier puisque tu es arrivée chaussée des deux ballerines offertes par ta grand-mère. Tu m'as demandé si c'était un « péché ». Voilà une attitude très puritaine. Il faudrait que les bonnes sœurs qui t'enseignent le catéchisme comprennent qu'embrasser n'est pas un péché, mais fait partie de la vie.

Qui est ce garçon ? Quel âge a-t-il ? N'est-il pas trop vieux ? Tu n'as que quinze ans. Tu me dis qu'il en a seize ? Je te pose ces questions pour te protéger, car les garçons plus âgés ne s'arrêtent pas au baiser et tu pourrais être poussée, contre ton gré, vers des chemins qui ne te plairont pas. Il faut que tu reçoives beaucoup de baisers de bal avant d'entrer dans une relation amoureuse complète. Nous en reparlerons avec ta grand-mère. Je sais que lorsqu'elle avait ton âge, un beau légionnaire l'a enlacée et que, depuis, elle a toujours été sensible à la chanson que chantait Édith Piaf et que je te ferai écouter : « Il sentait bon le sable chaud, mon légionnaire... »

Tu me demandes si tu dois revoir ce garçon et tu me dis que tu n'en as pas envie. C'est normal. Ce qui compte, c'est l'émoi perçu, et non pas le garçon réel. Tu as vibré, mais tu n'es pas encore prête à être une femme ou une maman. Bravo pour le baiser au bal du village, et peut-être que nous en reparlerons au bal de l'année prochaine.

Il y a un(e) homosexuel(le) dans toutes les familles

« Grand-père, grand-mère, j'aime un garçon » ou « j'aime une fille ».

Il arrive que les petits-enfants dévoilent leur homosexualité à leurs grands-parents avant de le dire à leurs parents. Il convient de respecter et d'accompagner cette décision, afin de maintenir des relations affectives fortes avec eux, même s'ils prennent un chemin, dans leur vie amoureuse, moins classique que celui qu'on escomptait.

Cette confidence est une marque de confiance. Elle permettra aux jeunes gens d'aller plus loin et de surmonter les obstacles sociétaux qui existent encore.

Le fameux « coming out » est en effet plus compliqué envers les parents que les grands-parents. Pourquoi ? Peut-être parce que la sexualité est présumée éteinte chez les grands-parents, alors que celle des parents place les homosexuels dans un trouble de l'identification : « Je ne suis pas un homme comme mon père » ou « une femme comme ma mère ».

Vous qui lisez ces lignes, êtes-vous sûrs de la sexualité de votre père ou de votre mère ? N'avez-vous jamais eu l'impression qu'il ou elle avait des tendances homosexuelles ? N'y a-t-il aucun homosexuel dans votre famille ? Un des arguments obscurs, décrété par les opposants à l'adoption homoparentale, est que les enfants adoptés par des homosexuels seront eux-mêmes homosexuels, par transmission en quelque sorte. Comment expliquer alors qu'il y ait des homosexuels dans les familles hétérosexuelles ? À qui la faute ?

Je lance un plaidoyer en faveur de la loi d'adoption homoparentale, qui devrait être prochainement promulguée en France. C'est un progrès et une chance pour ce pays. J'ai milité en faveur de cette modification législative. Il faut soutenir ces jeunes homosexuels qui veulent devenir transmetteurs de vie et de valeurs. Ils peuvent s'occuper d'enfants malheureux, abandonnés, et leur offrir une nouvelle chance. En quoi l'adoption par des couples stériles serait-elle différente de l'adoption par des homosexuels ? Dans les deux cas, il s'agit de personnes ne pouvant pas avoir d'enfants biologiques et qui donneront à un enfant la possibilité de grandir harmonieusement.

Il y a quelques années, une journaliste m'a demandé : « Quelle est la question que vous détesteriez que l'on vous pose ? » « Êtes-vous homosexuel ? » ai-je répondu. Je ne suis pas sûr au fond de ne pas l'être, alors que je ne le suis pas, vous me suivez ? Pourquoi admire-t-on les parents adoptants qui vont chercher des enfants au bout du monde, où ils sont peu ou prou vendus et abandonnés en raison de conditions socio-économiques difficiles, et pourquoi refuse-t-on de le faire pour des adoptants homosexuels ?

Quant aux enfants issus de couples homosexuels que j'ai rencontrés tout au long de ma carrière, ils allaient très bien et acceptaient la différence de leurs parents à condition que ceux-ci soient pudiques, ainsi que le souhaitent également les enfants de couples hétérosexuels. Les relations sexuelles des parents ne concernent pas les enfants.

Lettre
À mon petit-fils imaginaire

T'ai-je déjà parlé de mon oncle, qui était homosexuel ? En réalité, j'étais pour lui le fils idéal qu'il rêvait d'avoir. Il avait pour moi beaucoup d'attentions et d'intérêt. Je pense qu'il a souffert de ne pas avoir d'enfants, lui qui voulait tant réussir, être différent de sa famille. Il projetait sur moi toutes ses aspirations de jeunesse que sa vie amoureuse l'avait empêché de réaliser.

Ce dont tu dois être conscient, c'est le tabou, le secret, le silence qui existait dans les familles à une certaine époque. Certes, depuis, les progrès ont été grands, mais ils masquent des rejets et des fragilités. Je ne crois pas que l'on puisse spontanément souhaiter que son enfant soit homosexuel ; c'est une difficulté évidente pour tous les parents. Mais l'acceptation va de pair avec la révélation : une fois que c'est dit, c'est finalement plus facile à admettre, même si cela peut encore être une souffrance.

Rappelle-toi ton meilleur ami, quand tu étais petit. Nous avons tous eu un meilleur ou une meilleure ami(e), et nos relations s'apparentaient à des relations amoureuses. Bien sûr, il n'y a pas d'acte physique, sexuel, entre meilleurs amis, et pourtant la passion amicale ressemble fort à la passion amoureuse. On a besoin d'être comme l'autre, de se projeter en lui, de lui ressembler. Cela permet de comprendre qu'il puisse exister une bascule amoureuse après cette construction amicale si forte.

Cette lettre est étrange, mais c'est également un aveu : celui de l'homosexualité de ton grand-oncle. C'est aussi une prise de position quasi politique. Je voulais te dire que, quelle que soit ton orientation amoureuse, tu es d'abord et avant tout mon petit-fils et que tu le resteras toujours.

Une révélation choc

J'ai toujours été un chantre de la pudeur. Je pense que les enfants ne doivent pas trop parler de leur sexualité à leurs parents. La mission de ceux-ci est parfois d'anticiper une information sur la nécessité de se protéger en cas d'acte sexuel et sur le grand danger des maladies sexuellement transmissibles. Mais, ce qui garantit fondamentalement notre sexualité, c'est l'ignorance que nous avons de celle de nos parents. Un enfant pense spontanément que ses parents n'ont pas eu de relations sexuelles, alors que le simple fait d'être là est la preuve du contraire.

Avouer une grossesse à ses grands-parents, sans que les parents le sachent, les place dans une position difficile. Que signifie une grossesse précoce ? N'est-ce pas l'expression d'un malaise ? En parler revient souvent à explorer les champs plus compliqués du trouble de l'estime de soi.

Lettre
à ma petite-fille imaginaire

Tu m'as sidéré. Je crois même que j'ai rougi. Tu as quinze ans et tu m'annonces que tu es enceinte. Je me suis senti inutile, inepte et pas à ma place. Je pouvais te donner l'adresse du planning familial ou te prescrire la pilule du lendemain, mais en avais-je le droit ? Tu permets à ton grand-père de s'apercevoir qu'il est encore un homme (ce que les grands-pères oublient parfois) et qu'il n'est pas le mieux placé pour recevoir cette confidence. J'ai immédiatement informé ta grand-mère de la situation, afin qu'elle t'aide mieux que je ne peux le faire. Je suis aussi très troublé par cette annonce qui me révèle que tu as eu, à ton âge, des relations sexuelles. C'est quelque chose que les grands-parents n'ont pas à connaître.

Quand tu me parles de ça, tu me gênes, tu me mets en difficulté. Je n'ose pas croiser ton regard. Tu n'es plus la petite fille que je peux prendre dans mes bras, tu es un être sexué. Pourquoi n'as-tu pas consulté l'infirmière scolaire, qui est là non seulement pour t'aider, mais aussi pour t'orienter et te donner la pilule du lendemain ?

Normalement, la sexualité est une conquête, et non un pis-aller pour plaire ou être admise quelque part. J'ai remarqué ton attitude complexée par rapport à ton frère qui, lui, n'aborde d'ailleurs jamais ce sujet. C'est difficile d'avoir un frère aussi séduisant. Fais attention à ne pas utiliser ton corps pour dissimuler tes doutes ou ton manque d'estime de toi. J'aurais dû avoir le courage de t'en parler plus tôt, et surtout de te parler de toi, et non pas de l'enfant que tu ne veux pas porter.

J'ai peut-être eu tort de t'orienter vers ta grand-mère. C'est sans doute à moi de recevoir ton message. On reprendra cette discussion quand tu viendras me voir et l'on essayera de comprendre pourquoi tu ne vas pas bien. Le problème de ta grossesse sera réglé d'ici là.

Le petit-fils champion

Certains grands-pères poursuivent en dépit de leur âge une carrière sportive, participent encore à des tournois de tennis de vétérans, font du jogging ou skient en prenant des risques… Comment leur petit-fils va-t-il pouvoir dépasser un tel champion ? Quelle sera leur relation ?

LETTRE
À MON PETIT-FILS IMAGINAIRE

Tu joues au tennis. Tu m'as dit que tu étais « 30/1 » grâce au tournoi d'été, malgré un revers médiocre puisque tu es droitier. C'est pas mal, et pourtant tu sais très bien que, même si je me plains de mes genoux, je suis encore capable de te battre à ce jeu. J'admire Federer et j'aime bien regarder les tournois à la télévision.

Il faut que je fasse attention malgré tout. Je suis venu assister à l'un de tes matchs et j'ai été détestable. Je pensais : « Il faut qu'il tue son adversaire », alors que c'était une rencontre sans importance. Attention à ne pas confondre le jeu « *play* » et le jeu « *game* », qui sont deux choses distinctes. Le jeu spontané participe du développement du petit enfant. Dès la maternelle, on passe au jeu collectif, pour accéder ensuite à des jeux de règles. On a beau décréter les classements sans intérêt, on exige de vous une réussite. Nous sommes là dans un paradoxe dont je suis moi-même victime, puisque j'ai participé à une pétition contre les notes alors que j'ai surveillé de très près celles de ta mère parce que je voulais qu'elle soit excellente élève.

Il va falloir que tu sois admis au Master, qui est une sélection. J'ai toujours détesté perdre et je comprends ta fierté d'être classé au tennis. Pour éviter le doute, il ne faut pas se comparer. Pourtant, au fond de soi, n'y a-t-il pas un petit juge qui nous note ? Se confronter fait grandir, s'opposer impose de progresser. N'est-ce pas une obligation pour conquérir sa liberté ?

Finalement, je te félicite pour ton nouveau classement. Je suis convaincu que tu me battras bientôt.

Les grands-parents abandonnés

Souvent, à l'adolescence, les petits-enfants s'éloignent de leurs grands-parents. Ils n'assistent plus aux repas de famille auxquels ils participaient avec gourmandise lorsqu'ils étaient plus jeunes ; ils oublient les anniversaires, se lassent des histoires dont ils se délectaient auparavant et préfèrent aller voir leurs amis. Cette rupture psychologique engendre un moment de crise chez les grands-parents, qui se sentent brutalement vieillir. Certains n'osent pas protester et continuent à espérer en silence une visite de l'adolescent un été. Mais ils ne sont pas sans ressources face à cela : ils doivent affirmer haut et fort leur désir de voir leurs petits-enfants.

LETTRE À MON PETIT-FILS IMAGINAIRE

Je suis conscient que je ne t'intéresse plus autant qu'avant, avec mes histoires que tu as entendues trop souvent. C'est toujours un bonheur pour moi d'évoquer des moments de mon passé, alors que ma vie peu à peu se rétrécit. La perte de toute anticipation est un phénomène important dans la vieillesse : on a du mal à se projeter, à être passionné, à croire au lendemain. À ton âge, c'est tout le contraire. Voilà le choc des mondes qui nous opposent : je suis tourné vers le passé, mes souvenirs ; toi, tu te fiches de la période où tu étais petit et, en même temps, tu as peur de l'avenir, que tu ne veux pas aborder. Nous sommes dans une incompréhension mutuelle importante. Je ne peux pas te servir d'exemple car tu ne veux pas me ressembler. Tu veux être unique et conforme à ton groupe d'amis. Il est difficile pour moi d'accepter ce moment particulier de l'adolescence. Tu ne viens plus me voir car tu me trouves rabâcheur et tu as l'impression que je ne te comprends plus.

Que va-t-il se passer si, par malheur, je meurs ? Réfléchis une seconde : après tout, ce grand-père n'était pas si mal, il avait quelques qualités. Je serai mort sans t'avoir revu ? Je ne cherche pas à te culpabiliser, mais viens me voir avant qu'il ne soit trop tard.

Il y a quelque temps, j'ai écrit dans *L'Étudiant* une chronique à cet effet : « Lettre à mon petit-fils ». Avec l'accord de mon ami Davidenkoff, qui dirige cette publication, je vais te résumer mon sujet : l'« humanitaire affectif ».

Tout le monde est bien concient qu'il faut faire de l'humanitaire. Tu peux aller construire une école ou creuser un puits en Afrique, agir pour les banlieues défavorisées près de chez toi. Et moi, tu me délaisses sans plus t'occuper de moi ? Parmi toutes ces belles actions, ne penses-tu pas qu'il est important de consacrer quelques heures à ton grand-père au titre d'un « humanitaire affectif » ? Il faut que l'on se voie, qu'on parle de nos histoires, de ton avenir, je suis sûr que cela te fera plaisir. J'attends ton courriel ou ton SMS dans la foulée et, si tu ne le fais pas, je ne « skyperai » plus avec toi.

Plutôt que de se voir sur écran, il est préférable de se rencontrer dans la chaleur de l'été ou devant un café partagé.

Appareillage

Le *Dictionnaire des mots nés de la mer*, de Pol Corvez[1], nous précise que l'appareillage désigne, depuis 1771, l'acte d'appareiller, de quitter le port ou la rade. « On appareille, on lève l'ancre, on met les voiles ». C'est un thème qui peut intéresser un grand-parent lorsque son petit-fils ou sa petite-fille est en âge de mettre les voiles.

LETTRE
À MA PETITE-FILLE IMAGINAIRE

Ça y est, tu t'en vas, tu vas partir loin, en Australie. Tu seras ainsi à trente heures de vol de moi et tu sais combien je déteste les long-courriers ; je m'enrhume à cause de la climatisation, je risque avec mes

1. Éditions du Chasse-Marée, 2007.

vieilles veines de faire une embolie ou une phlébite. De plus, j'ai besoin de trois jours pour récupérer du voyage, puis je dois repartir et subir le décalage horaire dans l'autre sens.

Comme les émigrants, tu laisses une partie de ton passé derrière toi. L'Australie, certes, est un nouveau monde. C'est ta vie et tu l'as décidé. Je suis et nous sommes ton passé, nous n'allons plus beaucoup te voir. Je me suis fait une promesse : celle de te revoir deux ou trois fois dans ma vie, moi qui pensais te voir toujours.

Je vais te faire une proposition. Tu sais que j'ai toujours eu le syndrome de Marius, ce personnage de Pagnol qui vit sur le Vieux-Port mais rêve d'horizons lointains. Tu connais aussi ma passion pour la mer. Eh bien, nous allons nous retrouver pour quelques jours sur une île. Nous ferons du bateau, nous mangerons du poisson grillé dans les guinguettes du bord de mer.

Tous les grands-parents éloignés géographiquement de leurs petits-enfants rêvent d'un endroit intermédiaire, plus accessible, où ils pourraient les retrouver. Une île au milieu de l'océan, un voyage imaginaire, impossible pour la plupart d'entre nous, voilà une réponse fantasmatique à l'éloignement.

« Est-ce qu'il est au ciel ? »

La conscience de la mort apparaît progressivement chez les enfants.

Vers l'âge de trois, quatre ans, existe la phase dite « de réversibilité ». Par exemple, l'enfant joue sur le balcon avec son chat, qui tombe. En essayant de le rattraper, l'enfant tombe également. Il va à l'hôpital, puis rentre à la maison et recommence à jouer. C'est la notion de réversibilité : « Je meurs, je guéris, je revis. »

C'est plus tard, entre cinq et sept ans, que les enfants accèdent à la notion de mort. Cela correspond au fait qu'ils se détachent peu à peu de l'image de la personne à laquelle ils s'identifiaient le plus. Ils redoutent alors le vieillissement de leurs parents, et leurs grands-parents ont une immense utilité : ils protègent de la mort les référents fondamentaux que sont le père et la mère, font écran et permettent de supporter les disparitions. Si les grands-parents décèdent pendant que l'enfant est dans ce créneau d'âge, le flot anxieux frappe de plein fouet les personnages parentaux, comme lorsqu'une digue disparaît.

Pendant la scolarité à l'école élémentaire, ce sont les aspects thanatologiques, anatomiques ou religieux de la mort qui intéressent davantage les enfants. C'est pourquoi les religions instaurent leur apprentissage à cet âge.

Lettre
à ma petite-fille imaginaire

Tu t'inquiètes pour ma santé, trouvant que je ne me soigne pas assez. Tu dis que je devrais surveiller mon asthme, mais tu te trompes si tu penses que je ne veux pas vivre. Il y a à mon âge un jeu curieux, dangereux certes, de cache-cache avec les maladies. À chaque bilan de santé, on redoute le signe fatal.

Je ne dois pas oublier de te parler des pâtes de coing d'Elisabetta. Tu comprendras qu'il y a beaucoup de vie dans la mort. Tes inquiétudes sont naturelles et prouvent que ton développement intellectuel est excellent. Il faut que je te félicite de penser à la mort. Ne répète pas ces propos à tes parents, ils vont penser que mon esprit se trouble et mon originalité va être, une fois encore, remarquée. Rassure-toi, c'est moi qui devrais avoir peur de la mort plus que toi. Alors, je fais semblant de te raconter des histoires pour masquer ma trouille.

Ce n'est pas d'être courageux qui compte, c'est plutôt de bien comprendre les événements de l'existence, d'analyser les craintes qui perturbent tes nuits. Moi aussi, à ton âge, j'ai eu ces difficultés. Je me souviens de m'être passionné, à cette époque, pour la science-fiction. Ton arrière-grand-mère m'avait offert et envoyé en Italie une bande dessinée intitulée *Météore*, que j'adorais. Les fusées y allaient plus vite que la lumière et elles remontaient le temps. Avec un télescope, on pouvait voir le passé de la Terre. Ainsi, la mort n'existait plus.

Je me mets à la recherche de quelques exemplaires de *Météore* et je te les passerai.

Quand les petits-enfants seront vieux à leur tour

« Que se passera-t-il quand je serai vieux ? » Difficile concept pour un enfant qui construit sa vie et se fabrique des souvenirs. Ce qui compte pour lui, c'est la répétition des rencontres, le souvenir d'un voyage aimé, une chambre ou une maison peuplée d'objets anciens, qui en réalité n'ont qu'une trentaine d'années, car tout cela représente la préhistoire de la famille – nous sommes bien d'accord, les grands-parents sont des dinosaures.

En même temps, le choix, les goûts, les premiers amis apparaissent dans la vie de l'enfant ; les conflits aussi : une fillette ou un garçon qu'il n'aime pas dans la cour de récréation en maternelle. Les grands-parents ont-ils eux aussi eu des ennemis ? Ils ont l'air d'aimer tout le monde. Vrai ou faux ?

Les enfants, les filles surtout, imaginent qu'elles seront plus tard mamans. Aucun garçon de cinq ans ne dit jamais : « Je veux être papa. » Les garçons veulent devenir pompiers, policiers ou footballeurs. Celui qui voudrait être père à cet âge nécessiterait sans doute des soins. Les enfants n'envisagent pas de devenir grands-parents, ces derniers sont trop vieux. Pourtant, dans les souvenirs que leurs aînés proposent, on peut leur expliquer que même les rencontres les plus décevantes, les personnages les plus médiocres constitueront le socle de leur vie.

Lettre
à mon petit-fils imaginaire

Tu m'as raconté l'histoire de ton copain qui était ravi d'avoir perdu son grand-père. Tu imagines ma crainte (j'ai le même âge), même si la description que tu m'en fais donne l'impression qu'il était un « gros couillon ».

Je vais te raconter une anecdote au sujet de mon père, ton arrière-grand-père. J'étais un jour au bar avec lui et son ami Antoine. Ils aperçurent un habitant du quartier et l'invitèrent à boire un pot avec eux. Je savais qu'ils détestaient cet homme, lequel se comporta effectivement comme un imbécile. Antoine et mon père buvaient toujours du Gambetta-grenadine (ce sirop de figues qui te plaît, agrémenté d'eau de Seltz), et le benêt commanda un double whisky en ajoutant : « Puisque c'est votre tournée ! » Il but et s'en alla. Je me retournai vers mon père et Antoine, et leur demandai pourquoi ils l'avaient invité. Mon père sourit, regarda son complice et lui dit : « Tu lui réponds ou je le fais ? » Antoine me dit alors : « Tu verras, quand tu seras très vieux et que les gens de ta génération auront tous disparu, s'il en reste un, même si c'est le roi des c..., tu seras content de le voir car il te rappellera ton passé. C'est pour ça qu'on lui a payé un double whisky. »

Je reviens à présent à l'histoire de ton copain. Il t'a dit qu'il était ravi. Pourquoi ? Tu m'as donné toi-même une belle explication. Ton copain a un père malade et son grand-père vient de mourir. Il n'y a jamais d'orphelin de grands-parents. J'espère que ce courrier sera si culpabilisant que tu seras très gentil avec moi lors de notre prochaine rencontre.

L'héritage

On dit souvent aujourd'hui que les seniors disposent de revenus et de biens supérieurs à ceux des jeunes générations. On les envie d'avoir pu s'élever socialement, d'avoir réalisé leurs aspirations matérielles alors que de nos jours la situation est plus difficile pour les jeunes désireux de débuter un métier et d'obtenir un crédit. Reste pour certains la question de l'héritage. Les grands-parents vont léguer leur patrimoine, s'ils en ont un. Comment en parler ? Comment expliquer que l'on a des biens à céder ?

Lettre
à mon petit-fils imaginaire

Tu me parles souvent du studio que tu voudrais acheter. Pendant tes études, tu en as loué un, qui était également occupé par un rat. Tu as d'abord tout essayé pour l'éliminer, puis tu es devenu son ami. Tu as fini par le nourrir et tu as affirmé à ton père ton intention d'acheter le studio de peur que le futur locataire ne le tue. J'ai été séduit par cette idée, moi le psychiatre nourri de Freud et de psychanalyse, et je me rappelle que j'ai lu « L'homme aux rats »[1]. Le présage est forcément favorable. J'ai envie de t'aider à acheter le « studio au rat ».

Plus sérieusement, qu'est-ce que l'héritage ? Que puis-je te transmettre sur le plan du discours, des souvenirs et sur le plan financier ? Quand on vieillit, on relativise l'importance de l'argent. N'oublions pas qu'il y a dans notre pays des millions de pauvres, pour lesquels la question n'est pas d'hériter ; ils sont davantage dans la survie que dans la transmission. Loin de moi l'idée de me placer parmi les nantis. Le legs peut aussi être constitué par une canne, un vieux pilon, un mortier comme celui d'Eugénie, un livre que l'on a aimé, une cravate en soie de son grand-père.

Un de mes amis psychiatres vivait seul avec sa mère. Ensemble ils allaient à Venise et logeaient toujours dans le même appartement. Sa mère, qui vient de décéder, lui a laissé une lettre dans laquelle elle lui révèle que cet appartement lui appartenait, qu'elle l'avait acheté depuis de nombreuses années. Elle voulait lui faire cette surprise pour qu'il pense toujours à elle.

Je vais t'aider à acheter le « studio au rat ». Lorsque tu le trouveras trop petit, inapproprié pour la vie que tu souhaites mener, tu le revendras pour en acquérir un autre plus grand.

---

1. Sigmund Freud, *Cinq psychanalyses*, 1909.

La dernière lettre

Un grand-père va mourir, il le sait. Il ne veut pas le dire, mais comment ne pas l'évoquer lorsqu'on sent que l'on va partir ? Comment exprimer tout ce que l'on a à dire en si peu de temps ? Comment transmettre ses dernières volontés dans l'espoir de survivre ? Tentons de réussir notre sortie.

LETTRE À MA PETITE-FILLE IMAGINAIRE

C'est sans doute la dernière lettre que tu recevras de moi. Ne pleure pas, je suis prêt. J'ai bien vécu, j'ai eu même plusieurs vies. J'ai été pédopsychiatre, universitaire. J'ai fait de la radio, de la télévision, écrit des livres, rencontré beaucoup de gens. J'ai navigué sur de beaux bateaux, toujours avec le même ami. Passé ma vie avec quelqu'un qui m'aimait. Et j'ai eu la chance de t'avoir comme petite-fille – la synthèse et la quintessence de ce que je souhaitais.

Il est temps que je te dise que je t'admire. Depuis toujours, je suis fier de la fierté que tu exprimes quand je parle et de l'admiration que je lis sur tes traits. Ma route va m'arrêter là, c'est dommage. Mon choix serait de ne pas disparaître, mais la course du temps et la force de la maladie me font mettre un genou à terre, comme ces satanés Toulousains qui nous ont toujours battus en finale.

J'aimerais aussi te transmettre les dernières lignes d'un livre que Robert Laffont, un éditeur que j'ai bien connu, a écrit peu de temps avant sa mort. « Dans cet écrit, je n'ai jamais prétendu vous apporter un message, mais seulement un témoignage et des conseils, à commencer par celui de vous dire que la seule chose dont je sois sûr est de n'être sûr de rien. J'ai mis une vie entière à apprendre, mais surtout à comprendre l'essentiel : l'immense fragilité de l'être humain, de son support, la Terre, et l'attraction irréversible de l'harmonie universelle dont je vous ai parlé dans ce livre que vous allez refermer. Où que vous alliez, à vous de jouer ! Je vous souhaite des vents favorables et n'oubliez jamais combien je vous ai aimés. »

Est-ce que seule la victoire est jolie ? La défaite n'est-elle pas aussi une possibilité de joie ? Je quitte cette vie mais je sais que tu y restes, et je suis sûr que tu réussiras mieux que moi. Ta mère a effectué un parcours incroyable. Mission accomplie pour elle, à accomplir pour toi. Je pars tranquille, décidé à ne plus souffrir et persuadé que ce que je rate est plus beau que ce que j'ai vécu.

J'applaudis déjà aux succès que je ne vivrai pas avec toi.

Que reste-t-il d'un grand-parent ?

Notre vie d'adulte nous fait oublier nos grands-parents décédés. Cependant, leur souvenir réapparaît puissamment quand nous devenons à notre tour grands-parents. Reviennent alors des souvenirs de faits anodins.

Lettre
à mon petit-fils imaginaire

Je m'aperçois que je t'écris davantage qu'à ta sœur. Cache mes lettres. Je voudrais rêver avec toi de ce qui nous réunit, imaginer de belle manière ce dont tu te souviendras quand je serai mort. Étrange propos. Nous allons partir à la chasse de mes rêves.

Je voudrais que tu te souviennes d'une étoile filante au bord du cap Canaille, cette grande falaise de la Méditerranée ; d'une descente sous spinnaker en arrivant vers la citadelle de Calvi. Mais aussi du pauvre chien abandonné que l'on a collé à ta grand-mère ; de la souris au restaurant qui a terrorisé les filles assises à notre table, qui ont grimpé sur leur chaise pendant que nous continuions tranquillement notre déjeuner. Et, surtout, de la fois où le Rugby Club Toulonnais a regagné en finale ; de mon petit clin d'œil lorsque tu as réussi un joli revers long de ligne contre un adversaire plus fort que toi ; de m'avoir surpris en train de chiper une pâte d'amande ; de moi sur le quai de la gare alors que, derrière la vitre du train, tu me faisais des signes de la main pour me dire au revoir.

Mais surtout je voudrais que tu te souviennes de moi pour toujours.

Épilogue

Eugénie a été déterrée du cimetière central de Toulon, à Lagoubran, et ses restes transférés au cimetière de Sainte-Anne-d'Évenos. Elle y a retrouvé ses enfants (ma mère et mon oncle), ainsi que mon père, avec lequel elle ne s'entendait pas très bien. J'ai profité du transport pour la faire accompagner de sa propre mère, mon arrière-grand-mère, que je n'ai jamais connue. Je ne voulais pas l'isoler de sa fille pour l'éternité. Le voyage a été terrible, perturbé par un orage. Je me suis retrouvé trempé jusqu'aux os devant cette tombe qui représente les figures d'attachement, d'affection et d'amour de ma vie. Bientôt ce sera mon tour.

Ce tombeau est «à perpète», et c'est magnifique d'avoir un tombeau à perpétuité alors que la vie est courte et la mort éternelle. J'irai rejoindre ma famille mais j'ai un petit souci. Quand il pleut, je me demande toujours si les cercueils ne flottent pas et ne s'entrechoquent pas. Il faudra que je les fasse amarrer en cas de pluie.

N'oubliez pas d'amarrer mon cercueil dans le temps également, dans l'éternité et dans le souvenir. Gardez un lien avec moi, un « bout » qui me maintienne stable, à l'abri des éléments.

Mémé, je te jure que je te rejoins, mais je prendrai la précaution de nous attacher, car le lien qui nous unit sur le plan affectif mérite un attachement dans la réalité.

Toutes ces lettres pour affirmer l'arbre de vie, l'enracinement et la puissance de la filiation que représentent les grands-parents.

Table

Du même auteur :

Mon grain de sel, Bayard, 2013

Désir d'enfant, en collaboration avec René Frydman et Christine Schilte, Marabout, 2013.

Votre ado, en collaboration avec Christine Schilte, Marabout, 2013.

Tiens bon !, Éditions Anne Carrière, 2011.

L'Abécédaire. Comprendre pour éduquer, Éditions Anne Carrière, 2010.

Chacun cherche un père, Éditions Anne Carrière, 2009.

Regards croisés sur le handicap, en collaboration avec Luc Leprêtre, Éditions Anne Carrière, 2008.

La Vie en désordre, Éditions Anne Carrière, 2007.

Regards croisés sur l'adolescence, en collaboration avec Marie Choquet, Éditions Anne Carrière, 2007.

Détache-moi ! Se séparer pour grandir, Éditions Anne Carrière, 2005.

Tout ce que vous ne devriez jamais savoir sur la sexualité de vos enfants, Éditions Anne Carrière, 2003.

Frères et sœurs, une maladie d'amour, en collaboration avec Christine Schilte, Fayard, 2002.

Vouloir un enfant, en collaboration avec René Frydman et Christine Schilte, Hachette Pratique, 2001.

Œdipe toi-même ! Consultations d'un pédopsychiatre, Éditions Anne Carrière, 2000.

Comprendre l'adolescent, en collaboration avec Christine Schilte, Hachette Pratique, 2000.

Huit textes classiques en psychiatrie de l'enfant, ESF éditeur, « La vie de l'enfant », 1999.
Élever bébé : de la naissance à six ans, en collaboration avec Christine Schilte, Hachette Pratique, 1998.

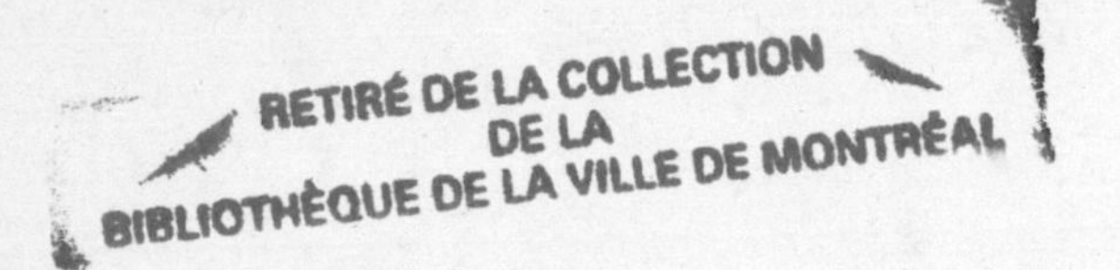

Le Livre de Poche s'engage pour l'environnement en réduisant l'empreinte carbone de ses livres. Celle de cet exemplaire est de :
250 g éq. CO_2
Rendez-vous sur www.livredepoche-durable.fr

Composition réalisée par PCA

Achevé d'imprimer en décembre 2013, en France sur Presse Offset par
Maury Imprimeur – 45330 Malesherbes
N° d'imprimeur : 186064
Dépôt légal 1re publication : janvier 2014
LIBRAIRIE GÉNÉRALE FRANÇAISE – 31, rue de Fleurus – 75278 Paris Cedex (

31/7745/